Ach, meine Freundin

Nelly Dix

Ach, meine Freundin, die Tugend ist gut, aber die Liebe ist besser

Erzählungen

Libelle

Inhalt

Die Belagerung von Bethulia

Eine Löwin ist die Tugend an Mut,
Sie ist kalt, sie ist hoch und stark wie die Zeder,
Ihr Blick gefriert den Häschern das Blut,
Die wahre Tugend ist ein Panzer aus Leder.
Ach, meine Freundin, die Tugend ist gut.

Der lederne Panzer schützt nicht vor der Wut
Des Tigers im Busch, und ein rauer Wind
Stürzt leicht den Baum, denn der Zorn ist blind
Und wie ein heimtückisches Messer.
Die sich lieben, sind wie ein Fels im Meer,
Sie zu verwunden, sie zu stürzen ist schwer.
Ach, meine Freundin, die Tugend ist gut,
Aber die Liebe ist besser.

Die trockene Stadt

Auf klappernden Sandalen kam die Dienerin zum Brunnen. Die beiden, die auf dem Brunnenrand saßen, kippten ihre kupfernen Kannen um, um ihr von weitem schon zu zeigen, dass sie leer waren. Trotzdem kam sie näher.

»Kannst ruhig wieder umdrehn«, sagte die eine, »oder glaubst du, du bist gescheiter als wir?« Die Magd lehnte sich über den Brunnenrand. Man sah den schlammigen Boden des tiefen Schachtes. »Drei Tage!«, jammerte die andere Alte, »wenn ich das geahnt hätte! Ich hatte noch drei riesige Bütten voll Wasser im Keller stehen. Die hab ich gestern auf der Straße verkauft! Die Kanne Wasser zu dreißig Denaren. Und nun hab ich selbst keinen Tropfen!«

»Gottes Strafe!«, sagte die andere und zog eine rohe Zwiebel aus der Tasche. »Man soll seinen Nächsten nicht übervorteilen.« Sie biss kräftig in die Zwiebel.

»Na, dann geh ich wieder!«, sagte die Magd enttäuscht. »Dass ihr kein Wasser habt«, sagte die Alte schmatzend und rieb sich die tränenden Augen, um ihr einen lauernden Blick zuzuwerfen. »Ihr seid doch so voll Gottesfurcht, so eine schöne, fromme, junge Witwe – eine wahre Freude für alle Gläubigen!«

Die Magd gab keine Antwort. Sie nahm ihre leere Kanne und ging. Die beiden Alten kicherten hinter ihr her und fuhren fort, zu klatschen und Erinnerungen auszutauschen. Die Magd ging an der Brustwehr der Stadtmauer entlang. An einer Schießscharte stand ein einsamer Soldat auf Posten und schaute ins feindliche Lager hinüber. Der Schweiß rann in vielen Bächen über sein Gesicht und seinen roten Hals in sein ledernes Hemd, er dampfte förmlich und ström-

te einen merkwürdigen kriegerischen Geruch aus. Die Magd versuchte, an ihm vorbei hinauszuschauen. Der Soldat rückte beiseite, warf einen Blick auf die Magd, stellte fest, dass sie alt und pockennarbig war und die Kannen leer, und seufzte.
Unten im feindlichen Lager herrschte ein fröhliches Lärmen. In einem der abgeleiteten Bäche tummelten sich ein paar Soldaten, die spritzten das Wasser herum und brüllten sich unflätige Witze zu.
»Fett wie die Schweine!«, sagte die Magd, indem sie die munteren Feinde betrachtete. Der Soldat wandte sich um. »Hä!?«, fragte er heiser. Seine Stimme klang wie verrostet. Eine Wolke von Verdruss umhüllte die Magd, als der Soldat sprach. Er schwankte und hielt sich an der Mauer fest. »Die haben wenigstens Wasser«, sagte er. »Wir haben nur Wein. Immer nur Wein. Verdammt, wenn es doch regnen wollte!«
Den Gang entlang tönte fröhlicher Gesang, von lauten Rülpsern unterbrochen. Ein ganz junger Soldat kam mit unsicheren Schritten näher, in den Händen seinen weingefüllten Helm. Er lehnte sich neben den Posten. »Ab-lösung«, sagte er und schaute aus verschwommenen Augen den Posten glücklich an. »Jetzt bin ich dran. Der Wein ist gut. Gut!!« Er lachte unvermittelt und fing wieder an zu singen: »Ei, sag du alter Herbergswirt, wo hast du deine Frau, ja Frau ...«
Der andere Soldat nahm ihm den Helm weg und soff in tiefen Zügen, wie ein Pferd. Dann ließ er den leeren Helm fallen, wischte sich den Mund mit dem Handrücken und ging sehr aufrecht mit steifen Beinen davon, den rechten Arm ausgestreckt, damit er sich an der Mauer festhalten könnte. Der junge Soldat bückte sich nach dem Helm, sah hinein und lachte albern. Dann versuchte er, die Magd näher ins Auge zu fassen, und fasste sie zu diesem Behufe zu-

nächst einmal ungezwungen unters Kinn. Sie stieß ihn leicht zurück, nahm ihre Kannen und ging. Als sie die Hintertür des Hauses aufschloss und eintrat, hörte sie von ferne den jungen Soldaten immer noch fröhlich singen und mit den Belagerern durch die Schießscharte scherzhafte Reden wechseln.

Das nasse Lager

Der anhaltende Regen verwandelte das Lager der Assyrer allmählich in einen Morast. Das Stroh faulte in den Zelten, und nur langsam konnte man sich in dem glitschigen Schlamm vorwärtsbewegen. Die beiden Posten strebten verärgert zwischen den Zelten von einem Ende des Lagers zum andern. Aus den geschlossenen Zelten drangen ab und zu Reden, Fetzen von Gesprächen, Lieder, manchmal flog etwas hinaus in den Morast, ein Stiefel, ein Stück Holz, ein Becher, eine Melonenschale, blieb da stecken und verfaulte und verdarb und vermehrte noch den trüben Eindruck von Aufbruch und Unordnung.
»Wette gewonnen«, sagte Sedekias und schneuzte sich in die Gegend, »es regnet.«
»Ein Skandal, erwiderte Tiberius verdrießlich. »Das fängt gut an. Ein Plus für die Juden. Du wirst sehen, die machen das Rennen!«
»Alte Unke«, sagte Sedekias, »von Wasser allein kann kein Mensch leben. Wie ist's, gehn wir heute Abend in das Dorf? Es soll da hübsche Weiber geben!«
»Vierzehn Tage nicht gewaschen!«, sagte Tiberius und wich einem Hühnerknochen aus, der aus einem

Zelt geflogen kam. »Ich begeb mich doch wegen einem Frauenzimmer nicht in Gefahr!«
Er blieb stehen, betrachtete seine Füße, die bis zu den Knöcheln im Schlamm steckten, und bewegte die Zehen. Ihm hing das alles zum Hals heraus, der Feldzug war ihm widerwärtig, von Anfang an, und er sehnte sich nach Ninive in die Kaserne zurück, nach dem sturen und gleichmäßigen Leben, nach den Weinschenken und Freudenmädchen. Ihn widerte das hier an, der schauderhafte Geruch von verfaultem Stroh, Nässe, zu vielen Menschen, der noch verstärkt wurde, wenn der Wind vom Stadtgraben herkam, und die unregelmäßigen Mahlzeiten und der Schuft Holofernes, der ihnen verbot, in der Gegend auf Nahrungssuche zu gehen, der es schrecklich ahndete, wenn er erfuhr, dass einer in dem Dorf gewesen war. Das Dorf war eine kleine Ansiedlung einige Meilen entfernt, dessen schmutzige Anwohner von dem lebten, was die Soldaten ihren Weibern mitbrachten.
»Ein Schinder ist das«, sagte Tiberius, »ein wahrer Teufel. Glaubt er, wir dienen aus Liebe zu ihm?«
»Wenn man wenigstens ab und zu mal was fände«, sagte Sedekias sinnend, »ein Huhn oder so. Aber soll sich mal einer mit einem Huhn erwischen lassen!« Er grub mit dem Absatz den Hühnerknochen etwas in den Schlamm. Hinter ihnen näherte sich ein Pferd mit zögernden Schritten. Es schnaufte angstvoll, weil es rutschte, sein Reiter trieb es unbarmherzig vorwärts.
Die Soldaten zogen die Füße aus dem seufzenden Schlamm und ließen Holofernes schweigend passieren. An seinem Sattel hingen zwei tote Hühner. Er schaute die Soldaten mit seinen hellen Augen an. Tiberius biss sich auf die Lippen. Der Feldherr grinste ihn einen Moment lautlos wie ein Pferd an, ritt noch

einige Schritte weiter und sprang vor seinem Zelt ab. Er warf die Zügel und die Hühner einem Soldaten zu, der herbeiwatschelte, um ihm zu helfen, und ging hinein. Unter dem Türvorhang drehte er sich noch einmal um, und die Soldaten sahen seine weißen Zähne leuchten.

Die Unterredung

›Wie kalt das ist‹, dachte Judith und folgte dem Türhüter, ›kalt wie ein Grab.‹ Die Hallen und Säle waren düster und feucht, das Licht des regnerischen Tages vermochte nicht durch die verhängten Fenster zu dringen. Die Treppenstufen waren glitschig, sie erinnerten an irgendwelche Tiere, die im Feuchten leben, Schlangen und Molche. Sie waren grünlich und schwitzten förmlich Feuchtigkeit aus. Der Türhüter klopfte mit dem Fuß mürrisch an eine Tür. Eine Stimme antwortete, bei deren Klang Judith fröstelte. Sie nahm das Kieselsteinchen aus dem Mund, an dem sie immer lutschte; wenn es kein Wasser gibt, ist man ewig durstig. Der Türhüter stieß die Tür unfreundlich auf, Judith trat ein, und die Tür wurde hinter ihr heftig zugeschlagen. Der Saal war blau, ein ganz altes Blau, und so spärlich eingerichtet, dass die wenigen Stühle und der alte schwere Tisch aussahen wie Inseln im Meer. Der Fürst Ozias lehnte an der Tischkante, sein Gesicht war im Schatten; aber Judith hätte ihn ohnehin nicht angeschaut, um den Widerwillen zu verbergen, den er ihr einflößte.
Eine Weile standen sie sich schweigend gegenüber.

Judith fühlte ihren Mund trocken werden, obwohl es so feucht war und so kühl.
»Nun, Judith?«, sagte der Fürst. »Du hast dich nicht verändert, obwohl es lange her ist, seitdem ich dich zuletzt sah ... Beim Tod der Fürstin.«
Er spielte mit zwei Kugeln aus poliertem Onyx. Judith betrachtete seine mageren gelblichen Finger, auf denen rötliche Härchen wuchsen, voller Abscheu und Interesse. Seine Worte legten sich kalt und schwer wie ein nasses Leintuch um sie.
»Du weißt nicht, weshalb ich dich rufen ließ ...«, sagte der Fürst, ohne die Stimme zu erheben, »die Stadt ist in großer Not, das ist dir wohl nicht unbekannt.«
Judith bemerkte, dass er eine Antwort erwartete. »Ich weiß«, sagte sie ebenso gleichförmig.
»Ich habe deshalb beschlossen, einen Parlamentär abzusenden. Ich weiß nicht, wen ich senden soll ... unter meinen Räten ist keiner, der dazu geeignet wäre ... du bist sehr schön, Judith ... der Feldherr Holofernes soll viel für Frauen übrig haben ...«, sagte er lauernd. Die Hände hörten auf, mit den Kugeln zu spielen. Judith schwieg. Sie konnte vom Fenster ihres großen Schlafgemachs das feindliche Lager sehen, und sie saß viele Stunden am Tag und schaute hinunter.
Sie überlegte sich, wieso sie nicht imstande war, die schlechte Meinung, die ihre Magd von denen da unten hatte, zu teilen, und weshalb es sie langweilte, das anzuhören, was der alte Mann hier zu ihr sagte, in diesem kalten blauen Saal, aus dem sich die Möbelstücke geflüchtet zu haben schienen.
»Gott hat die Gebete unserer Priester erhört«, sagte der Fürst, »er hat Regen geschickt. Trotzdem werden wir die Stadt nicht lange halten können ... aber wir können vielleicht doch bessere Bedingungen erlangen ... hörst du mich, Judith?«

Judith hatte nicht zugehört.
»Frauen sind klug«, sagte der Fürst bedrohlich, »auch die Fürstin war klug, auch du bist es. Ich nehme an, du hast mich verstanden?«
»Ich habe verstanden«, sagte Judith ergeben und angewidert.
»Ich dachte es mir, dass du mich verstehen würdest. Nicht umsonst war dein Mann einer meiner besten Räte. Denkst du noch oft an ihn, an deinen Mann?«
»Nicht im Moment«, sagte Judith. Sie sah den Fürsten zum ersten Mal an. Bei ihrer Antwort lächelte er dünn und eitel. Er ist ein schauderhafter, dünner alter Kerl, dachte Judith, und trotz seines Alters noch so albern, dass er alles zu seinen Gunsten auslegt.
»Umso besser«, sagte der Fürst lächelnd, »ich sehe, du bist eine kluge Frau, wie ich dachte. Ich kann also einen Boten an Holofernes senden, dass er ihn auf dein Kommen vorbereite? Und wann?«
»Wann du willst«, erwiderte Judith, »du bist der Herr.«
Der Fürst Ozias überhörte die Geringschätzung.
»Du machst dich verdient um dein Volk«, sagte er, »du machst dich verdient. Ich werde Anordnungen treffen. Die Priester sollen Tag und Nacht im Tempel für dich beten und Opfer darbringen für den glücklichen Ausgang deiner Mission. Es ist leicht für eine Frau wie dich, einen Mann zu lenken. Der Feldherr Holofernes wird tun, was du von ihm verlangst, ich bin überzeugt davon. Ich will dich nicht länger aufhalten. Du kannst zu deinem Geleit einige Hofbeamte aussuchen!«
»Ich danke dir«, sagte Judith, »ich kann alleine gehen.«
»Die Tugend ist stark wie ein Löwe, sie trotzt tausend Feinden«, sagte der Fürst in erhabenem Hohn.
Judith wandte sich schweigend um und ging. Sie

fühlte die Blicke des Fürsten Ozias wie Eis auf ihrem Rücken.

Der Pfau

Judith riss zum dritten Mal das kunstvolle Gebäude ihrer Frisur auseinander, warf die Spangen, Kämme und Perlschnüre wütend auf den Tisch und ließ sich auf ihr Bett fallen.
›So weit kommt das mit mir‹, dachte sie aufgebracht, während sie vergeblich versuchte, ihren heißen Kopf in den Wolldecken zu kühlen, ›so weit kommt das, dass ich mich hier aufzäume wie ein Prunkross, um da in diesen verdammten Pfuhl hinunterzusteigen und den blödsinnigen Räuberhauptmann zu verführen. Aber was hilft das alles. Es ist schon egal. Ich möchte nicht wissen –.‹
»Soll ich dir helfen? Du wirst dein Kleid zerdrücken, wenn du dich so drauf herumwälzt«, sagte die Dienerin, die mit einem Tablett mit dem Frühstück eingetreten war. Judith erhob sich und setzte sich wieder vor den Spiegel.
»Ja, hilf mir. Ich bin's nicht mehr gewöhnt, mir werden die Arme so müde, es langweilt mich, mir wird heiß. Dann muss ich mich frisch pudern – nimm für hinten das Netz aus dem goldenen Spitzenzeug und Perlenschnüre ringsherum und so, na, du weißt ja, so ähnlich wie an meiner Hochzeit.«
Die Magd ordnete schweigend und geschickt die Haare. Judith schloss die Augen und überließ sich der angenehmen Gewissheit, ihren Kopf erfreulich

aufgeziert zu sehen, wenn sie die Augen wieder aufmachte.
»Es ist also wahr!«, sagte die Magd. »Was?«, fragte Judith, lediglich aus Faulheit.
»Was man in der Stadt erzählt.«
»Nun?«
»Dass du ins Lager zu Holofernes gehst und dort für die Stadt bittest. Sie sagen sogar ...«
»Wer ist ›sie‹? Wer sagt das?«
»Alle. Alle sagen es. Die Priester haben ein fünftägiges Gebet für dich und die glückliche Erfüllung deines Auftrages verkündet. Eben hörte ich noch vom Küchenfenster aus zwei besoffene Soldaten darüber reden. Sie haben nicht schlecht gelacht!«, sagte sie voller Genugtuung.
»Die können auch lachen!«, sagte Judith ungerührt.
»Es ist also wahr?«, beharrte die andere.
»Ja, wie sollte es nicht wahr sein? Wenn die ganze Stadt es sagt und sogar die Priester«, erwiderte Judith mit dem misslungenen Versuch, scherzhaft zu sein.
Die Magd presste die Lippen zusammen. Dann sagte sie: »Ich ... ich hätte es nie geglaubt. Und ich würde es nie tun.«
»Spreiz dich nicht«, sagte Judith schadenfroh. »Du glaubst nicht, wie bald du's tust. Du begleitest mich. Überhaupt möchte ich den sehen, der sich den Wünschen unsres gnädigen Fürsten widersetzt. Man würde ihn bald nicht mehr erkennen!«
»Herr unsrer Väter!«, rief die Dienerin entsetzt, »ich soll mit ins Lager?«
»Natürlich, du wirst mich doch nicht allein gehen lassen? Das ist absolut unschicklich. Und sei versichert: wo ich hingeh, kannst auch du hingehen!«
»Die assyrischen Söldner sind Wölfe und Wüstlinge. Sie vergewaltigen alle Frauen und töten sie danach«,

sagte die Magd düster. Judith öffnete die Augen und warf der Magd im Spiegel einen Blick zu: »Sei beruhigt«, sagte sie, »dir werden sie nichts tun.« Die Magd vollendete ihr Kunstwerk in finsterem Brüten.

»Du kannst gehn, dich anziehn. Und lösch das Herdfeuer. Und schließ hinten ab.«

Die Dienerin ging auf und ab.

»Hörst du nicht?«, sagte Judith ungeduldig. »Du hast das hier wunderbar gebaut!« Sie legte den Handspiegel weg.

»Denkst du niemals an ihn, an Manasse?«, rief die Magd erstickt. »Ich habe dich aufgezogen, ich habe deine kleinen Heimlichkeiten bewahrt, ich habe dich an deinem Hochzeitstag geschmückt und habe mit dir getrauert, als Manasse umkam; und all die Jahre habe ich den Tisch für dich und ihn gedeckt, obwohl er längst tot war. Immer war er hier bei uns, in meinem Herzen und, wie ich glaubte, auch in deinem. Und nun soll mit einem Tag all das vergessen sein, und du willst alle Gedanken an Manasse von dir tun? Ja, weißt du denn nicht, wozu du da hinuntergehst! Du wirst nie mehr an Manasse denken, du wirst ihn verlieren und den Assyrer nicht gewinnen. Überlege, was du tun willst!«

Judith lehnte neben dem Spiegel. Sie dachte an Manasse, der schweigsam, unbeholfen und leidenschaftlich gewesen war, und der sie eingeschüchtert hatte mit seinen unvermuteten Zornes- und Zärtlichkeitsausbrüchen, Manasse, an dem alles ihr unverständlich gewesen war. Selbst sein Tod war unbegreiflich – wie konnte man auf den Treppen im Palast ausgleiten und gleich den Hals brechen, und weshalb waren seine Lippen so blau gewesen? Gewiss, sie hatte an ihn gedacht, weil sie es nicht anders gewohnt gewesen war, als an ihn zu denken, und weil er der einzi-

ge Mann gewesen war, den sie geliebt hatte. Aber das war so lange her, und allmählich verblasste die Erinnerung und war wirklich nur noch eine Gewohnheit.
»Genug!«, sagte sie, und es schmerzte sie, der andern weh tun zu müssen. »Der Fürst befiehlt, es ist zum Wohl der Stadt, ich gehe. Wenn du nicht mitgehen willst, gehe ich allein!«
Wortlos ging die Dienerin aus dem Zimmer.
Bevor sie das Haus verließen, schaute Judith im dämmrigen Hausflur noch einmal prüfend die andere an. Das pockennarbige Gesicht der Magd zeigte Spuren von Tränen. Judith beugte sich vor, umarmte die Magd vorsichtig und küsste sie auf die Wangen. Dann trat sie auf die Gasse hinaus. Überall in den Straßen und auf den Plätzen stießen die Leute sich an, wenn sie vorbeigingen, und flüsterten sich zu. Judith ging ungerührt durch die Bürger dieser Stadt, für die sie sich verwenden sollte. Am westlichen Tor, das dem Lager am nächsten lag, lungerte eine Gruppe Soldaten mit ihrem Offizier herum.
»Da schau, eine Hur! Schön wie ein Pfau!«, sagte ein junger Soldat zu seinem Kameraden.
»Willst du's Maul halten, verfluchter Sauhund!«, brüllte der Offizier. »Das ist eine der verdammt anständigsten Frauen in der ganzen Stadt!«
Als Judith näher kam, trat der Offizier rasch auf sie zu, er verneigte sich vor ihr und sagte: »Ich bin ein Sünder; du aber bist eine heilige Frau. Bete für mich!«
»Ich werde nicht viel Gelegenheit und Zeit dazu haben, da, wo ich hingehe«, erwiderte Judith lächelnd, »aber wenn ich dran denke, will ich's versuchen. Lass öffnen, bitte!«
Der Offizier rief den Soldaten, der das Maul hätte halten sollen, und überreichte ihm ein Tuch von zweifelhafter Weiße. Dann beeilte er sich. Er ging selbst und

schob die Balken zur Seite. Der Soldat nahm das Schwert ab und gab es seinem Kameraden. »Auf zur Betstunde«, sagte er grinsend, »und ich bleib dabei – sie ist doch eine Hur!«

Tiberius

Der Soldat mit dem weißen Tuch ging voran, er schaute sich neugierig im Lager um. Niemand begegnete ihnen. Erst als sie an den ersten Zelten vorbei waren, kam aus einem Zelt rechts ein Offizier geschossen. Er hatte eine zerrissene Tunika an und brüllte: »Wo willst du hin, verdammter jüdischer Hund?« Sie blieben stehen.
»Parlamentär«, sagte der Soldat und schwenkte das weiße Tuch. »Ich komme, um die versprochene Dame abzuliefern!«
Neben und hinter dem Offizier tauchten einige neugierige Soldaten auf. »Tib!«, brüllte der Offizier, »Tib! He! Tib!«
Aus dem gegenüberliegenden Zelt, grade vor Judith, arbeitete sich Tiberius aus den Windungen der Zeltleinwand wie ein wildes Schwein durchs Holz. Er tauchte vor Judith auf und starrte sie an, und Judith starrte ihn an. »He, Tibby«, rief der Offizier über die Schlammwasser hinüber, »führ die Dame in das Zelt vom Alten!« Tiberius hörte nicht zu. Er starrte Judith an und sie ihn. Seine Augen waren graubraun, wie das ganze Lager hier.
»Ach!«, rief der kleine Soldat mit dem weißen Tuch erfreut, »du bist Tiberius! Hallo! Dann warst du der,

der mir gestern eine Handvoll Datteln in meinen Helm getan hat, wie ich ihn runterließ! Es war nämlich schon so dunkel, dass ich nichts erkennen konnte. Nett, dass ich dich hier treffe!«
»Ja«, sagte Tiberius abwesend, fuhr sich durch die Haare und kratzte sich am Hinterkopf. »Das war ich.«
»Tiberius!«, brüllte der Offizier und überlegte schon, ob er nun den gefährlichen Übergang wagen und Tiberius von der Nähe zusammenstauchen sollte, wobei er sich unsterblich blamieren konnte, wenn er in dem Schlick hinfiel. Tiberius langte hinter sich ins Zelt, zog seinen Helm ans Tageslicht und hieb ihn sich auf den Kopf. Dann machten sie sich auf den Weg. Tiberius und der kleine Soldat voran, die beiden Frauen hinterher. Judith ging langsam und vorsichtig auf ihren hohen hölzernen Sohlen und raffte ihr Prunkgewand.
»Laufen bei euch die Weiber so rum?«, fragte Tiberius den kleinen Soldaten.
»Bist du verrückt!«, rief der andere entrüstet. »So läuft kein Mensch herum, höchstens die ganz Feinen. Die andere da, so sehen bei uns die Weiber aus. Das da, das ist doch ein Pfau, siehst du doch; sie geht euren Alten betören!«
Tiberius und der Soldat blieben stehen und warteten auf die Frauen, die nicht so schnell gingen. Judith schaute sich geruhsam um. In den Zelten lagen schmutzige Soldaten und Hauptleute auf Stroh und glotzten sie an. Wenn sie vorbei war, machten sie Witze und lachten. ›Es riecht hier schauderhaft und sonderbar aufregend‹, dachte Judith und atmete tief.
»Der Alte ist keine Pfauhenne, du, merkt euch das!«, sagte Tiberius, als sie weitergingen.
»Die Offiziere sind alle gleich«, sagte der Kleine verächtlich. »Sie fallen auf jede Hure herein. Die ziehn

ihnen das Fell über die Ohren, und dann ziehen die Kerls uns das Fell über die Ohren, und so hat alles seine ewige alte dämliche Ordnung. Das wird bei euch auch nicht anders sein.«

Sie waren vor Holofernes Zelt angelangt. Tiberius drehte sich um und verschaffte sich nochmal den Anblick von Judiths Knöcheln, ehe sie ebenfalls auf den Planken, die unter und vor dem Zelt lagen, ankam und den Rock sinken ließ.

»Hallo, Herr«, rief Tiberius, »die Dame aus Bethulia!«

Es erfolgte keine Antwort. Tiberius hob den Türvorhang in die Höhe und ließ die Frauen eintreten. In der Helligkeit, die durch den aufgehobenen Vorhang fiel, unterschied Judith ein aus Brettern gebautes niedriges Bett, auf dem Decken und Felle lagen und ein paar alte Sättel, und einen Haufen Rüstzeug und Gerümpel in der gegenüberliegenden Ecke. Sonst war das Zelt leer. »Verdammt, hier ist ja aufgeräumt«, murmelte Tiberius verächtlich und ließ den Vorhang fallen. »Du kannst dich hierher setzen«, sagte er dann. Judith stieg aus den hölzernen Sandalen und ließ sich auf dem harten Brettergerüst nieder. Die Magd setzte sich bescheiden in eine Ecke.

»Hast du Hunger?«, fragte der Soldat auf sie herab.

Judith lachte. »Was für eine Idee!«, sagte sie amüsiert, »glaubst du, ich wäre zum Essen gekommen?«

»Nein, ich weiß«, sagte Tiberius unwirsch, »nur weil die Weiber immer Hunger haben oder weiß der Teufel was.« Er sah Judith an und Judith ihn, bis ihr der Hals weh tat von diesem steifen Nach-oben-Schauen, und sie sagte: »Setz dich doch, weshalb stehst du?«

»Das könnt mir einfallen, mich in seinem Zelt zu setzen! Bist du immer so ... so aufgeziert?«

»Nein, das kannst du dir doch denken«, sagte Judith, »meinst du, ich bin verrückt?«

Tiberius antwortete nicht. Er lauschte nach draußen, von wo man das wohlbekannte Schnaufen des Pferdes hörte, das von seinem Reiter durch den Schlamm gezwungen wurde. Dann schlugen die Füße des Reiters auf die Bretter vorm Zelt auf, als er absprang. Tiberius sprang hinzu und zerrte den Türvorhang hoch. Holofernes trat ein. Er überschaute gutgelaunt und kalt alle, die im Zelt waren, er dampfte noch vom Ritt. »Die Dame aus Bethulia«, sagte Tiberius wieder.
»Hast du sie gut unterhalten, Tib«, sagte Holofernes im Ton der Feststellung. »Scher dich raus.«

Der assyrische Löwe

Das Ruhebett krachte in allen Fugen und wankte, als Holofernes sich drauffallen ließ. Seine Beine waren mit Leinenwickelgamaschen bis zum Knie umwickelt, es erinnerte an die Beine eines Käfers. Holofernes begann die Umwicklung aufzumachen. Plötzlich richtete er sich auf. »Ich bin ein schlechter Gastgeber, verzeih«, sagte er, als erinnere er sich jetzt erst ihrer Anwesenheit, und betrachtete Judith aus den Augenwinkeln, als wolle er die Wirkung seiner Unhöflichkeit beobachten. Judith fuhr fort zu lächeln. Es war, als hätte sie es überhaupt nicht bemerkt, tatsächlich war es ihr auch egal.
»He, du!«, rief Holofernes.
»Ja, Herr«, antwortete eine Stimme von draußen hinter der Rückseite des Zeltes.
»Gibt's hier was zu fressen?«

»Nein, Herr!«, erwiderte die Stimme.
»Dann schaff wenigstens was zum Saufen her! Verdammte Wirtschaft. Für mich und meinen Gast.«
Eine kurze Zeit darauf, während der Holofernes weiter mit seinen Gamaschen beschäftigt war, kam ein rothaariger Soldat von verschlagenem Aussehen mit einer Kanne Wein und zwei Bechern. Holofernes suchte in der Ecke aus dem Gerümpel eine niedrige Kiste heraus, seine Gamaschen schleiften hinter ihm her.
»Schwein!«, sagte er zu dem Rothaarigen, »wie sieht der Becher hier aus! Ich hab eine Dame zu Besuch!«
Die Gedanken des Rothaarigen waren deutlich auf seinem Gesicht zu lesen. Er drehte sich herum und wischte den Becher mit seinem Rock aus und setzte ihn zu dem Übrigen auf die Kiste. Dann schlurfte er hinaus. Holofernes goss ein und reichte Judith einen Becher.
»Dein Wohl! Dame aus Bethulia!« Er stürzte den Wein hinunter, legte sich dann lang auf das Bett, reckte sich und sah Judith, die mit untergeschlagenen Beinen auf einer Decke saß, von unten her an. »Dein Fürst ist nicht dumm«, sagte er und betrachtete sie mit halbgeschlossenen Lidern. »Aber noch zu dumm für mich. Du bist wirklich schön. Aber er hat nicht mit mir gerechnet. Warum sprichst du nicht? Liebst du mich nicht? Du spielst deine Rolle schlecht. Bist du gern gekommen? Sieh mich an!«
Sie schaute in seine hellen Augen, die ganz kalt und hart waren, seine eine Hand lag als Faust auf seinem mächtigen Brustkasten, mit der andern fuhr er sich durch die dicken schwarzen Locken und ließ sie dann hinterm Kopf liegen.
»Ich bin gern gekommen«, sagte Judith gehorsam. ›Es hilft doch nichts‹, dachte sie verzweifelt, ›ich bin ja

nicht für mich hier, ich muss für die Stadt bitten. Ich mache mich verdient, das heißt, ich muss. Ach, es ist schwerer, als ich dachte.‹
»Warum lügst du?«, fragte Holofernes, »warum das? Ich lüge auch nicht. Du bist nicht gern gekommen, man hat dich geschickt, und du bist gegangen; du verstehst es schlecht, ich sehe, du tust es zum ersten Mal. Denn du liebst mich nicht. Das wäre so viel einfacher, wenn du mich liebtest.« Er ergriff ihren Arm am Handgelenk und schüttelte ihn leise, dass die Armreifen klirrten.
»Warum fasst du nicht meine Hand an, warum schaust du mich nicht an, nicht mal, wenn ich dir zutrinke, warum sprichst du nicht? Weshalb spielst du nicht mit meinen Locken?«
»Weil ich es nicht kann«, sagte Judith leise.
»Schade um deine Zeit. Du warst verheiratet. Was war das für ein Mann, dein Mann?«
Judith betrachtete Holofernes, dessen Augen und gespaltenes Kinn sie irgendwie an Manasse erinnerten, und drehte nervös an ihrem Ring. Er ergriff wieder ihre Hand und hielt sie fest.
»Er war einer von des Fürsten Räten«, sagte sie, indem sie an sich und ihrer Aufgabe verzweifelte.
»Ein Beamter«, sagte Holofernes ablehnend.
»Er glich dir irgendwie ...«, versuchte sie Manasses Position ungeschickt zu retten.
»Hör auf!«, rief Holofernes unwirsch und richtete sich auf die Ellbogen auf, ohne ihre Hand loszulassen. »Vergleich mich nicht mit einem toten Ehemann! Weißt du nichts anderes zu reden!«
Er schüttelte Judiths Arm. »Sprich vom Wetter!«, befahl er.
»Das Wetter ist feucht«, sagte Judith gehorsam.
»Das wird Bethulia nicht retten!«, sagte Holofernes

doppelsinnig. ›Nein‹, dachte Judith entmutigt, ›und ich, ich werde es auch nicht retten.‹
»Denn, siehst du«, sagte Holofernes, »eine Frau, die mich nicht liebt, interessiert mich nicht. Aber das braucht dich nicht verdrießen, denn das hätte euch Juden doch nichts geholfen!« Er rückte ihr näher und legte den Kopf in ihren Schoß. »Stört's dich, wenn ich schlafe?« Eine Minute später schlief er schon. Judith saß bis zum Einbruch der Dämmerung und wagte sich nicht zu rühren, um den assyrischen Löwen nicht aufzuwecken, dessen Brust sich in regelmäßigen Atemzügen hob und senkte.

Die Öllampe

Die Öllampe warf im Umkreis von wenigen Metern einen matten Schein. Sie stand in der Mitte des langen Tisches, und so konnte Judith weder den Priester sehen, noch der Priester sie. Seine matte ölige Stimme schien geradewegs aus der Lampe zu kommen, und Judith starrte auf diese Lampe. Sie hatte die Form eines Schnabelschuhs, und Judith machte unterm Tisch heimlich Zöpfe in die langen Fransen des Tischtuchs.
»Du bist schon zurück, meine Tochter«, sagte die Lampe, »man hat dich noch nicht zurückerwartet. Solche Verhandlungen pflegen lange zu dauern. Sicher hast du schon Erfolg gehabt, und du wirst verstehen, dass man im Tempel und im Palast begierig ist zu erfahren, was du erreicht hast!«
Judith war in Gedanken. Sie sann der schnabel-

schuhförmigen Lampe nach, sie dachte an ein altes Märchen, in dem Tiere und Dinge reden können.
»Nun, meine Tochter?«, ermunterte die Lampe sie.
›Tochter‹, dachte Judith aufgebracht, ›wieso bin ich seine Tochter. Er hat vier rothaarige Töchter daheim, fromm und hässlich, die nach gedörrten Birnen riechen. Wenn man das Pech hat, im Tempel neben ihnen zu stehen, merkt man das. Wie kann er's wagen, an meinen Vater erinnern zu wollen.‹
»Nichts!«, sagte sie laut. »Ich habe nichts erreicht. Ihr müsst euch einen andern Gesandten suchen. Ich tauge nicht dazu!«
»Weshalb so verzagt«, sagte die Lampe lächelnd, »das geht nicht so schnell, wie du vielleicht annahmst, man muss Geduld haben. Sahst du den Feldherrn Holofernes?«
›Gewiss‹, dachte Judith, ›sah ich ihn. Ich hatte lange Zeit, ihn anzuschauen, bis es dämmerte und ich nichts mehr sah, bis er plötzlich sagte: ›Ich danke dir, das war nett von dir.‹ Ob er überhaupt geschlafen hatte, und wie lang war er wohl schon wach gewesen? Ich könnte das nicht, so unbemerkt aufwachen, ohne mich herumzuwälzen oder zu recken, und so lange still liegen könnte ich auch nicht.‹
»Ja, ich sah ihn«, sagte sie.
»Was sprachst du mit ihm?«, fragte die Lampe.
»Nichts. Er schlief.«
»Er schlief?«, rief die Lampe, nun doch erstaunt.
»Er schlief. Fragt meine Magd, ob er nicht schlief. Ich sagte euch ja …«
»Was sagte er dir, ehe er einschlief?«, unterbrach die Lampe sie.
»Er sagte, ich sei schön und er sei nicht so dumm, wie Fürst Ozias wohl annähme«, sagte Judith spröde. Die Lampe überhörte das Letztere. Also, er fand sie

schön. Das war schon etwas. Soldaten sind Männer von raschen Entschlüssen. Die Lampe zweifelte nicht, dass Judith erreichen würde, was sie wollte.

»Sucht euch einen anderen Parlamentär«, sagte Judith noch einmal, »ich bin nicht dazu gemacht, meine Interessen wahrzunehmen, geschweige denn die anderer!«

»Du sprichst von einer Stadt mit sechstausend Seelen«, sagte die Lampe streng, »und ich rate dir nicht, den Befehlen des Fürsten zu trotzen. Im Übrigen bin ich nicht befugt, Änderungen in den Anordnungen unsres gnädigen Fürsten vorzunehmen. Du kannst mit ihm darüber sprechen. Ich bin ein Diener Gottes und mische mich nicht in weltliche Angelegenheiten!«

Judith zuckte die Achseln. Sie fand es nicht der Mühe wert, der schuhschnabeligen Lampe zu antworten, die doch alles besser wusste. »Du gehst morgen wieder hin?«, fragte die Lampe befehlend.

›Darf ich wiederkommen?‹, hatte sie Holofernes gefragt. Er hatte sie einen Moment erstaunt angeschaut. ›Natürlich‹, hatte er gesagt, ›wenn's dir Spaß macht, wann immer du willst!‹

»Ja, ich gehe wieder hin!«

»Nun, Gottes Segen über dich, meine Tochter, ich werde für dich beten und Opfer darbringen lassen, und das Volk soll sieben Wochen fasten«, sagte die Stimme und stieg aus der Lampe und kam am Tisch entlang näher, und nun sah man wieder, dass es doch nicht die Lampe gewesen war, die nun unschuldig auf dem Tisch stand und blakte, sondern der Hohepriester in seinen roten, weißen und goldenen Gewändern. Er blickte mit wohlwollender Strenge auf Judith herab: »Gute Nacht, meine Tochter, Friede sei mit dir. Vergiss nicht, dass dein Fürst, wir Priester und dein Volk voll Vertrauen auf dich blicken.« Er

wartete noch eine Weile, aber Judith antwortete nicht. So drehte er sich um und ging hinaus.
Judith sah sich aus dem feindlichen Lager gehen, an Tiberius' Zelt vorbei. Tiberius stand in der Zeltöffnung, und Judith erkannte, indem sie versuchte, einen Blick von ihm zu erhaschen, dass seine Augen blau waren, ganz blau und nicht graubraun, wie sie gedacht hatte. Aber Tiberius schaute sie nicht an. Er sah an ihr vorbei, und erst als sie vorübergegangen waren, fühlte sie, dass seine Blicke ihr folgten. Am Stadttor hatte die Magd einen dicken Kieselstein gegen eine der eisernen Angeln geworfen, und eine Stimme hatte gerufen: ›Hallo!‹ – ›Parlamentär‹, hatte Judith geantwortet, und das Tor war kreischend einen Spalt aufgegangen, eine grelle Lampe hatte sie beleuchtet und geblendet, und jemand, den man nicht sah, hatte gesagt: ›Aha, die Dame aus Bethulia!‹ Man hatte das Tor hinter ihnen wieder verrammelt, und aus den dunklen Winkeln neben dem Tor waren einige gespenstische Wesen aufgetaucht, die mit ihren zerrauften Helmbüschen und den wippenden kurzen Röcken wie große neugierige Vögel aussahen. Judith versuchte, an Manasse zu denken und daran, dass es eine Plage sei, morgen wieder mit so viel Gemüse auf dem Kopf in das Lager zu gehen; aber sie war nicht imstande dazu, und sie ertappte sich wieder bei dem Gedanken an Tiberius und die Aussicht, ihn morgen zu sehen.

Der Streit

Sedekias war neben Tiberius getreten und schaute ebenfalls Judith nach.

»Judith«, sagte er leise und gedankenverloren. Tiberius fuhr auf: »Was soll das heißen?« Sedekias schaute ihn herausfordernd an: »So heißt sie oder etwa nicht?«

»Wie kannst du dich unterstehn, ihren Namen hier herauszubrüllen?«, fragteTiberius unwirsch dagegen.

»Wär ja noch schöner, wenn ich nicht mehr sagen dürfte, was mir passt. Wer hier brüllt, bist übrigens du!«

»Es passt mir nicht, dass jeder blöde Esel hier ihren Namen im Maul rumdreht wie einen Kirschkern!«

»Ph!«, Sedekias lachte höhnisch. »Du hast mir verdammt nichts zu verbieten. Ich kann mich verlieben, in wen's mir gefällt.«

»Ganz richtig«, sagte Tiberius ebenso höhnisch, »der Unterschied liegt nur im Erfolg. Dir wird sie nie gehören, sie liebt dich nicht!«

›Es ist ja wahr‹, dachte Sedekias finster, ›sie liebt mich nicht. Ich hab schon kein Glück. Na ja, neben diesem Kerl hier, diesem Gerüst aus groben Knochen.‹ »Du kriegst sie auch nicht, bild dir nichts ein; sie gehört dem Alten, und sie wär ja dumm, wenn sie den fallen ließ und anstatt dessen dich armes Dreckschwein aus dem Fußvolk nähme«, sagte er gereizt.

Beide Soldaten standen eine Weile und schauten in den sinkenden Abend, ohne etwas zu sehen, bekümmert und wütend. ›Das war nun mein Freund monatelang‹, dachte Tiberius. ›Diesem miserabligen Kerl hab ich vertraut und nachts neben ihm geschlafen. Dabei wär er imstand, dieser Galgenvogel, und spaltete mir den Schädel wegen einer Haarnadel. Er muss doch einsehn, dass sie, wenn sie einem gehört, mir gehört.‹

›So schnell geht so eine Leben-und-Tod-Freundschaft in Fetzen‹, dachte Sedekias. ›Wir sind im gleichen Dreck marschiert, haben auf dem gleichen faulen Stroh gelegen, den gleichen faulen Zauber erlebt und zusammen das gefressen, was einer von uns gestohlen hatte. Das Frauenzimmer muss rein keinen Geschmack haben, dass sie an so einem Kerl was findet.‹ Er betrachtete Tiberius hasserfüllt von der Seite. Die Nacht war hereingebrochen, und man sah nur die Umrisse von Tiberius, der in krummer Haltung, die Hände auf den Hüften, regungslos in die Dunkelheit starrte.

Sedekias räusperte sich. »Morgen gibt der Alte eine Einladung. Die Gäste: die Dame aus Bethulia und unsere wackeren Vorgesetzten. Abias, der Geier, lässt sich extra die Haare schneiden. Sollst sehen, der Alte zieht ein reines Hemd an!«

Tiberius antwortete nicht. Aus dem gegenüberliegenden Zelt fiel plötzlich Licht, weil jemand die Zeltbahn aufgehoben hatte. »Tib!, He, Tib!«, rief der Geier heraus. »Hallo«, rief Tiberius zurück, ohne sich zu rühren.

»Bring deine verdammten Klamotten in Ordnung. Du bist morgen Servierknecht beim Alten!«

»Allein?«, fragte Tiberius verdrießlich.

»Ja, was glaubst du«, krächzte der Geier zurück, »übersteigt wohl deine verdammten Kräfte?«

»Das hab ich gern«, sagte Tiberius wütend, nachdem drüben der Vorhang wieder gefallen war.

Sedekias zündete die Öllampe an und hing sie an einer Schnur an der mittleren Zeltstange auf. Aus einer ledernen Kiste brachte er ihre gemeinsamen Vorräte

zutage und warf sie unter die Lampe ins Stroh. Dann fing er an zu essen, ohne auf Tib zu warten.
»Auf den Kopf des Kahlen fallen die größten Hagelkörner«, sagte er höhnisch mit vollem Mund.
»Sieh zu, dass du nicht verhungerst«, sagte Tib über die Schulter und fuhr sich durch die Haare.
Sedekias hörte auf zu essen und warf sich unmutig ins Stroh. In dieser Nacht schliefen beide schlecht. Sie grübelten wegen der Dame aus Bethulia und der verlorenen Freundschaft. Sie fühlten sich einsam und trostlos und versuchten vergeblich, stolz darauf zu sein. Am anderen Morgen sahen sie übernächtigt aus, und gingen sich hartnäckig aus dem Weg.

Das Gastmahl des Holofernes

Anfangs hatten die assyrischen Hauptleute nicht recht gewusst, was sie mit sich anfangen sollten. Sie saßen unbeholfen und argwöhnisch da, nahmen sich schwerfällig von den Speisen und gossen schweigend große Mengen von Wein hinunter. Sie fühlten sich unbehaglich unter dem Lächeln Judiths, die am oberen Ende saß, und den kalten hellen Augen ihres Feldherrn am unteren Ende der Tafel, Judith gegenüber. Sie fühlten sich fehl am Platz, und das ungewohnte Sitzen verursachte ihnen Bauch- und Kreuzschmerzen. Sie sahen unsicher von dem Alten zu der Dame und wieder von der Dame auf den Alten. Sie sprachen nicht und antworteten kaum, wenn Judith oder Holofernes eine Frage an sie richteten. Aber nach drei Stunden, als sich Judith schon beinahe zu der Vermutung durchgerungen hatte, dass das Stumme sein müssten oder Verrückte, und ihr Lächeln anfing zu gefrieren, fingen die Offiziere langsam an aufzutauen. Sie fingen an zu reden und zu lachen, sie brachten Trinksprüche aus und hielten Reden, die pathetisch anfingen, dann allmählich verwirrt und heiser wurden und schließlich unvermittelt aufhörten. Tiberius ging währenddessen herum, füllte die Becher neu, zerrte die leeren oder kalten Schüsseln von der niedrigen Tafel und nahm dem Rothaarigen die neuen ab. War's möglich, der Alte hatte tatsächlich ein neues Hemd an; er sah gut aus, das musste ihm der Neid lassen. Er war überhaupt nicht schlecht, nur ein Schinder. Er saß gegenüber von Judith, das war gut so. Tiberius musste sie oft anschauen, sie war so schön heut, in einem blauen Kleid und einem gelben Mantel, türkisblau und brokatgelb. Aber da saß der Geier, der alte Abias, neben ihr und tätschelte ihre Hand und nannte sie: meine Tochter. ›Verdammter Esel‹, dachte Tiberius, eine Schüssel mit Broten in der Hand, ›der Alte wird ihm helfen.‹ In diesem Moment schaute Judith auf, sie machte ihre Hand los und schaute Tiberius an. Tib starrte sie an, er gab auf nichts mehr acht. Die Brote rutschten von der Platte und regneten auf einen ganz jungen assyrischen Offizier herab. Der saß ganz überrascht und lächelte albern, und die andern machten schwerfällige Witze. Holofernes warf Tib einen Blick zu, das genügte. Tib bückte sich und sammelte das Brot auf und trug es hinaus, um neues zu holen. Aber Holofernes schaute ihm argwöhnisch nach. Tiberius spürte, wie er ihn beobachtete. So bald würde er sich nicht mehr getrauen, Judith anzusehen.

Der alte Abias war völlig besoffen. Er hatte Judith bereits die Ehe versprochen und log ihr eben vor, er hätte ein Schloss in Ninive und einen reichen Onkel, von dem er ein Vermögen zu erwarten hätte. Judith rechnete aus, dass der Onkel sicher über hundert Jahre alt sein müsste, und was hat es schon mit den Schlössern von Besoffenen auf sich. Der Offizier, der rechts neben ihr saß, bemühte sich mit gerunzelter Stirn, einen Reim zusammenzubringen, den er zusammen mit einem Trinkspruch auf sie loszulassen gedachte. Als er endlich einen gefunden hatte, dann fand er seinen Becher nicht, und als der Becher gefunden war, war er leer. Tiberius wurde gerufen und musste neu eingießen. Judiths Nähe verwirrte ihn, er hatte Mühe, nichts zu verschütten, und Judith saß ganz still und wagte sich nicht zu rühren und nichts auf Abias alberne Reden zu sagen, denn es wäre sicher falsch gewesen. Sie spürte, dass Holofernes sie ansah. So fand sie es am sichersten, ihn auch anzusehen, und Holofernes nickte ihr zu und sagte bei sich selber, ›schau, schau.‹

Dann brachte der Offizier seinen Trinkspruch aus. Den Reim hatte er wieder vergessen, aber Judith merkte es sowieso nicht; sie war in Gedanken ganz woanders. ›Ich sollte nicht so viel trinken‹, dachte Judith, ›mir wird übel werden‹, aber da hatte sie schon wieder ausgetrunken, und Abias brüllte: »Tib! He! Tib!« Tiberius kam und füllte Judiths Becher. Er berührte flüchtig ihre Hand, er schaute auf ihr Knie, das der Stoff türkisblau umspannte, er starrte darauf und auf die Perlen in Judiths Frisur, bis der Geier ihn anstieß und krächzte: »Verdammter Esel! Wie lange soll das noch überlaufen?«

»Hallo, Judith!«, rief Holofernes vom Ende des Tisches hinauf zu ihr. »Auf dein Wohl! Der tugendhaften Dame aus Bethulia!«

Die Offiziere grinsten breit und leerten ihre Becher. Judith errötete. Sie spürte den Hohn des Feldherrn und hob ihren Becher: »Hallo, Holofernes«, sagte sie, »dein Wohl. Dem tugendhaften Feldherrn aus Assyrien!« Die Offiziere lächelten schwach und unsicher. »Danke, Judith!«, sagte Holofernes, »die Tugend ist schön, aber die Liebe ist besser, oder nicht?«
Judith antwortete nicht. Sie sah in Tibs Augen, der hinter Holofernes stand, mit hängenden Armen, und sie gänzlich hingegeben anstarrte. Holofernes folgte ihrem Blick. Er schaute nach oben hinter sich. »Ich sehe, du gibst mir recht«, sagte er ernst, ohne zu erwarten, dass sie ihn höre, »aber das wird Bethulia nichts nützen, denn es scheint, sie haben bei uns den Falschen zum Feldherrn gemacht!« Abias sang mit schauerlichen Falsetttönen eine Romanze, und wieder ein anderer brüllte falsch, aber kräftig ein Soldatenlied. Auf diese Weise ging die philosophische Bemerkung Holofernes' gänzlich im Getümmel unter.

Verräter

Vorsichtig hob Judith die Zeltbahn in die Höhe, die vor dem Eingang hing, und trat in das von der Öllampe nur kärglich beleuchtete Zelt. Die Dienerin folgte ihr. Sie trug unterm Arm ein aus Decken gewickeltes Paket. Sie war bleich unter ihrer pockennarbigen Haut.
Judith ging langsam und leise die zwei Schritte, die sie von Tiberius' Lager trennten. Das Zelt war klein, links schlief Sedekias, rechts Tiberius. Sie ließ sich

zwischen den beiden vorsichtig nieder, legte die verschränkten Hände um die Knie und sah auf den schlafenden Tiberius herab. Tiberius lag auf der Seite, den rechten Arm grade vor sich ausgestreckt, so dass er sie fast berührte. Seine Augen waren jetzt, wo sie geschlossen waren, ganz schmal und schräg. Judith verschränkte die Hände fest, als fürchtete sie, auf der Stelle in verschiedene Teile zu zerfallen, so zitterte sie, aber ihr war nicht kalt.
Plötzlich öffnete Tib die Augen und sah sie ohne Erstaunen an. Er fuhr sich durch die Haare, richtete sich auf die Ellbogen auf und betrachtete Judith eindringlich und ernsthaft. Judith schaute ihn ebenfalls an, bis sie ihr Lächeln verlor und wegschauen musste. »Nun, Tibby«, sagte sie leise, indem sie sich zwang, ruhig zu sprechen, »du schläfst gut, wie ich sehe.«
Tiberius fühlte ein komisches Gefühl in der Magengrube, als er sie ›Tibby‹ sagen hörte, und sagte: »Ich hab mich ja auch genug geschunden heut.« Ein Schweigen lastete im Zelt, man hörte Sedekias leicht atmen. Judith wusste nicht, was sie sagen sollte, und Tiberius hatte nichts zu sagen.
»Warum schaust du mich so an?«, fragte sie schließlich, als fürchtete sie, die Stimme zu verlieren, wenn sie noch länger schwieg. Tiberius lachte kurz. »Nicht schwer zu erraten, nicht?«, sagte er unbehaglich. »Weil ich dich liebe, das weißt du doch!«
»Und warum?«, fragte Judith, Tib zuckte die Achseln. »Nur so«, sagte er verschlossen. »Schlimm, schlimm!«, sagte Judith und versuchte zu lächeln. »Du liebst mich nur so, ich liebe dich nur so, was sollen wir damit anfangen?«
Tiberius richtete sich langsam auf. »Du«, sagte er leise, »oh du!«

Er legte seine Hand auf ihre verschränkten Finger. Judith schüttelte den Kopf. »Ach Tibby«, sagte sie traurig, »es ist zu spät, obwohl es eben die richtige Zeit wäre, sich zu lieben.« Sie zog ihre Hände zurück und hielt sie nun zu der Brust. Ihre Knöchel waren hell unter der Haut. Tiberius schaute auf diese Hände, die Ringe, die Armreifen. Der linke türkisblaue Ärmel hatte einen dunklen unregelmäßigen Rand, und Tiberius begriff eher, als er's wirklich deutlich sah, dass das Blut war, das Blut des Alten. Er hatte ein Gefühl wie im Traum, wenn man von einer hohen Mauer stürzt und fällt, fällt, gar nicht mehr aufhört zu fallen. Judith folgte seinem Blick und nickte trostlos. »Du hast schon richtig gesehen«, sagte sie. Tiberius stöhnte. Vor wenigen Sekunden war er noch so albern glücklich gewesen, und jetzt hätte er gewünscht, hinter ihm fiele ein Mauerbrocken her und erschlüge ihn. »Herrgott!«, sagte er unglücklich. »Herrgott nochmal!« Judith war aufgestanden, noch immer hatte sie die Hände vor der Brust verkrampft. Sie stand und lehnte sich leicht gegen den Mast, an dem die Lampe hing, ihr Gesicht war im Schatten. Tib legte seinen Kopf auf die Knie, er hielt ihn mit beiden Händen fest. »Geh!«, sagte er gequält, »geh, bitte, geh fort!« Judith bückte sich, sie küsste seine Finger in den zerrupften Haaren und ging hinaus, die Dienerin folgte ihr erleichtert, und die schaukelnde Lampe warf einen trüben Schein über die Zeltwände hin. Die leichten Tritte der Frauen verhallten. Sedekias richtete sich jäh auf. »Verräter!«, sagte er laut zu Tiberius. Tib hob den Kopf. »Was sagst du da?«, fragte er drohend. Sedekias richtete sich auf die Knie auf. »Verräter, sage ich!«, wiederholte er. Statt einer Antwort gab ihm Tib eine furchtbare Ohrfeige, dass er sich die Lippen zerbiss und ins Stroh fiel. Er richtete

sich sofort auf. »Das ändert nichts«, sagte er und leckte das Blut von der Lippe, »du bleibst, was du bist.«
»Und du?«, rief Tib aufgebracht. »Du bist ebensogut ein Verräter. Du hast alles gehört ...«
»Richtig«, sagte Sedekias ruhig, »ich hab alles gehört, es war nicht viel. Ich hab's eher geahnt. Brüll nicht so!«
Tib stöhnte verzweifelt: »Herrgott, Herrgott nochmal!«, sagte er wieder. Sedekias betrachtete ihn nicht ohne Teilnahme.
»Pfui Teufel! Was sind Kerle für Feiglinge, wenn sie verliebt sind«, sagte er.
»Und nun?«, fragteTiberius. »Ja, und nun«, sagte Sedekias, »das soll uns mal einer sagen. Die Juden haben vermutlich irgendeine Schweinerei vor. Unser Alter ist tot. Das Frauenzimmer muss unheimliche Kräfte haben. Unsere Offiziere sind alle gänzlich besoffen. Unsere Soldaten sind renitent, und nur der Alte verstand, sie zusammenzuhalten. Wenn sie erfahren, dass der Alte tot ist, verschwinden sie uns wie Schnee an der Sonne. Bis morgen Abend ist niemand mehr übrig als ein trauriges Trüppchen von Vorgesetzten, die einander nichts zu sagen haben. Stell dir den Geier vor!«
Trotz seines Kummers musste Tib lächeln, wenn er sich diese Versammlung von übernächtigten Offizieren vorstellte, die ratlos inmitten des leeren Lagers standen und unausgeschlafen herumkrähten. »Einen unserer Bonzen wachzukriegen, ist aussichtslos. Das heißt, wach kriegte man ihn vielleicht, aber das Gebrüll, bis es soweit wäre. Und bis man's ihm erklärt, und bis er alles begreift, haben's unsere Burschen schon längst erfasst und sind über alle Berge.«
Und wenn wir über alle Berge gehen«, sagte Tib, »sieht's auch nicht gut aus, wenigstens nicht, wenn

wir eher abtauchen als die ganze Rotte. Es hat jetzt sowieso keinen Sinn mehr. Ohne den Alten liegen wir noch dreißig Jahre hier und sehen gemächlich unsere Enkel heranwachsen und vergessen darüber allmählich, was wir hier wollten. Die Juden schmeißen den Laden diesmal.«

»Jetzt glaub ich's auch«, sagte Sedekias. »Bleibt also nichts übrig, als hier fromm zu warten und morgen ganz überrascht zu sein wie die andern und dummdreist und gottesfürchtig in die Keilerei zu stürzen. Tut nicht gut, wenn man auffällt. Und dann so schnell wie möglich abgeschwirrt!« Er legte sich zurück und verschränkte die Hände hinterm Kopf. Tiberius tat es ihm gleich. Aber es war eine Unrast in ihnen, die sie nicht ruhig liegen ließ. Sie erwarteten den Morgen und das endliche Hereinbrechen des bevorstehenden Unheils, dessen sie sicher waren, und hatten ein Gefühl von tausend Ameisen unter der Haut, das alle andern Gedanken und Gefühle ausschaltete.

Das Haupt des Holofernes

Unter grässlichem Geschrei stürzten die jüdischen Soldaten zu den Toren Bethulias heraus. Einer trug auf einer langen Stange das Haupt des Holofernes, des assyrischen Löwen, den Judith besiegt hatte. Die Assyrer verloren keine Zeit. Sie fuhren aus den Zelten wie gereizte Stiere und machten den schönen Plan der Juden, nämlich die Zeltschnüre zu durchschneiden und die unter den Zelten Begrabenen leicht zu überwältigen, gänzlich zunichte. Abias, der

Geier, fuhr mit dem Schwert fürchterlich unter die Juden, und wenn die Assyrer auch in der Minderzahl waren, so waren sie doch ausgeruht und kaltblütig, während die Juden nervös waren und trotz ihres Kriegsgeschreis vor diesen wohlgenährten Riesen Angst hatten.

Tiberius hatte im Gewühl Sedekias aus den Augen verloren, es war auch eine verdammt ernsthafte Metzelei, anders als in den Manövern bei Ninive. Die Schlacht wogte hin und her. Tiberius hatte oft das Gefühl, als fuchtelten alle nur mit ihren Waffen in der Luft herum und schrien dazu. Aber ab und zu fiel einer und stieß ein schreckliches Gebrüll aus. Einmal schlug ihm einer mit der flachen Klinge gegen den Arm, aber das war ein Assyrer, der neben ihm kämpfte, und Tiberius fluchte und brüllte: »Verfluchter Trottel, schau doch hin, was du ...«, aber der konnte nicht mehr schauen, er hatte sich in seine Wickelgamaschen verfangen, die aufgegangen waren, und fiel um, und ein alter Jude mit einem scheußlichen Hackmesser fiel über ihn her, und Tib schloss die Augen, um nicht zu sehen, was aus dem Assyrer wurde, und holte aus, um dem alten Juden eins zu versetzen, aber der war schon weg. Den hatte sich schon ein andrer vorgenommen, und er lag über dem Assyrer mit den Wickelgamaschen, der alte Jude, und röchelte, und Blut floss aus seinem verzerrten Mund in seinen grauen Bart!

›Wenn ich nur wüsste, was eigentlich los ist‹, dachten Tib und Sed am andern Ende des Schlachtfelds, und tausend Juden und Assyrer zwischen ihnen dachten dasselbe, während sie aufeinander losdroschen. Eben hatte Tib einen Moment Luft; aber da kam einer angerast und eine Meute mit ihm, ein ganz junger Bursch. Er schrie und war rot im Gesicht vor lauter Schreien. Tib erkannte ihn wieder. Das war der, der damals mit Judith ins Lager gekommen war, ach damals, das war ja erst fünf Tage her. Wie das schnell geht. Jetzt war die Rotte heran, nun hatte ihn der andere erkannt, er raste vorbei und die Rotte mit ihm, er schaute Tib im Vorbeirasen einen Moment an. Wenn er Zeit gehabt hätte, hätte er »Hallo« gesagt und »Nett, dass ich dich hier treffe«. Aber er hatte es eilig, der junge Bursch, und es hätte sich auch nicht geschickt, sie waren doch Feinde, und das hier war eine Schlacht. Der jüdische Haufen prallte auf einen assyrischen; sie vermengten sich miteinander, es war ein Knäuel. Mittendrin schwankte die lange Stange mit Holofernes' Kopf, der bleich war und lächelte; er war mit Draht noch extra befestigt und sah aus, als tanzte er. Tib bahnte sich mit flachen Schlägen seines Schwertes einen Weg zu der Stange, er schlug unterschiedslos auf alle ein, die ihm im Weg standen. Jetzt hatte er den Kerl mit der Stange erreicht. Er gab ihm eins gegen den Magen, der Kerl ließ die Stange los, Tib ergriff sie und preschte durch die Gasse, die er sich gebahnt und die sich noch nicht wieder geschlossen hatte, und der Haufen lief hinter ihm her, und die Juden liefen mit, weil sie glaubten, es wäre einer der ihren, der da lief, und es wäre jetzt der Zeitpunkt gekommen. Tiberius lief und lief und keuchte, hinter ihm die brüllende Menge, ein Stein flog an ihm vorbei, aber schließlich merkten es die Juden doch, dass das verkehrt war, und drehten wieder um; aber nicht so schnell, wie sie gelaufen waren, der Tag war noch lang. Immerhin hatte ihre unnötige Flucht den Assyrern Luft verschafft, und während die Haufen wieder übereinander herfielen und sich neu ineinander verwickelten, ließ sich Tib mit seiner Stange in einen Graben fallen, er keuchte und atmete pfeifend, er merkte plötzlich, dass er ganz erschlagen war von der Lauferei. ›Wozu hab ich den dämlichen Kopf mitgeschleppt‹, dachte er, ›ritt mich der Teufel, dass ich mich in denen ihre Keilerei verwickelte? Es wäre an der Zeit, sich zu verdrücken.‹ Er wischte sich den Schweiß von der Stirn und lüftete den Helm etwas, zog die Stange näher heran und drehte den Draht auf und zog den Kopf herunter. Das ging schwer. Sie hatten ihn gehörig draufgerammelt, er musste den Kopf an seine Brust pressen, und so ging es noch schwerer. Tiberius nahm den Kopf in seine Hände und schaute ihn an. Holofernes lächelte geringschätzig; man sah seine weißen Zähne, jetzt konnte er einen nicht mehr kalt und hell anschauen. Tib schob eins der Lider hoch, aber die Augen waren verdreht und schauten niemand mehr an. Die Schlacht tümmelte fern. Tiberius und Holofernes waren sehr müde, sie grinsten sich an, Tib rollte sich in dem Graben zusammen und schlief sofort, wie ein Toter mit dem toten Kopf im Arm.

Die Sieger

Judith ging um den langen Tisch in ihrem Saal, die Hände auf dem Rücken. Schon den ganzen Abend ging sie so um den Tisch, mit gleichmäßigen Schritten, als wäre das die einzige Möglichkeit, um nicht in ihrem Schlafzimmer am Fenster zu stehen und auf das Schlachtfeld herabzuschauen, auf dem es still war und auf dem ab und zu kleine Lichter hin und her huschten. Das waren die Leute aus dem Dorf, die dort unter Toten und Sterbenden nach brauchbaren Dingen suchten. Es hatte ja keinen Sinn, da am Fenster zu stehen und in die dunkle Nacht hinunterzuschauen, und so ging sie eben um den Tisch, auf dem wieder die Öllampe stand; aber die Öllampe schwieg und flackerte nur jedes Mal, wenn Judith vorbei war. In der ganzen Stadt roch es nach Weihrauch, und Judith hörte die Gesänge der Priester und Sängerknaben vom Tempel her, die das Lob Gottes sangen und ihr, Judiths, Lob.

›Heut bin ich Judith, die fromme und gottesfürchtige Witwe‹, dachte sie verächtlich, ›die Siegerin, die tapfere, die Bethulia gerettet hat. Morgen bin ich die Mörderin, und der Fürst braucht nur seine Hand umzudrehn, so steinigen sie mich.‹

›Mein Leben ist verfehlt von Anfang an‹, dachte Judith, aber es ist nicht meine Schuld. Niemand hat es mir gezeigt, wie das eigentlich ist, das Leben; für mich war es immer nur Gehorsam, Furcht, Frömmigkeit, ach Tugend … Die Tugend ist gut, aber die Liebe ist besser, sagte der Feldherr, aber es war zu spät, mir das zu sagen. Mich kann niemand mehr ändern. So könnte man beinah sagen, es hätte sich nicht gelohnt zu leben, und es lohnte sich nicht, jetzt, wo ich es weiß, auch nur noch einen Tag weiterzuleben. Aber wer sagt mir, ob ich dort, wo ich hingehe, wenn ich mich heute an der Schnur meines Bettvorhanges erwürge, wer sagt mir, ob ich dort noch an Tiberius denken kann, ob ich noch imstande bin, mir vorzustellen, wie seine Gegenwart einen befangen macht und glücklich, oder ob ich dort nicht vielleicht völlig die vielen Farben seiner Augen vergäße? Ich will ja nicht vergessen, ich will mich ja erinnern; und solange ich mich noch erinnern kann an Tiberius, so lange lohnt sich das jämmerlichste Leben.‹

Die Magd brachte das Essen. Sie hatte rote Flecken auf den Wangen, ihre Augen glänzten; offenbar hatte sie getrunken. Sie stellte das Geschirr klirrend auf den Tisch und ging etwas schwankend wieder hinaus. Judith blieb an ihrem Platz stehen und betrachtete das Essen: Brot, Wein, eine Melone, ein Stück gebratenes Fleisch. Sie setzte sich hin und ergriff das Messer, schaute auf ihre Hand, sie legte das Messer wieder hin, goss sich einen Becher Wein ein und nahm ein Stück Brot und ging weiter um den Tisch, im Gehen essend. Ein Schwaden Weihrauch kam zum Fenster herein. Das Brot schmeckte danach und der Wein auch, Judith stellte beides wieder hin. Die hohen Knabenstimmen stürzten wie ein gläserner Wasserfall in die tiefen Bässe der Priester, sie kletterten wieder hoch, jauchzend und jubelnd, sie besangen den Sieg und lobten Gott. Allmählich fielen sie ab, nur noch einer blieb und sang, und die Bässe der Priester wurden leiser, und die Stimme des Knaben stand allein und gläsern über der schlafenden Stadt, und es war Judith, als sänge er für sie, um sie zu trösten, die Besiegte in der Schlacht um Bethulia.

Als Tiberius aufwachte, war es schon Nacht und still um ihn her. ›Verdammt‹, dachte Tiberius, ›ich hab unsern Sieg verschlafen …‹ Aber er sah die weiten Lichter von Bethulia, er hörte den Gesang der Priester. Das sah nicht nach einer ›besetzten‹ Stadt aus, dazu war es zu still, also hatte sich seine Ahnung bestätigt, die Juden hatten das Rennen gemacht.

Ein Kerl mit einer Öllampe näherte sich, er zerrte einen Sack hinter sich her. Tib richtete sich gemächlich aus dem Graben auf, nahm dem tödlich erschrockenen Kerl ohne Umstände die Lampe weg und schmiss ihn in den Graben. Dann machte er sich mit der Lampe in der einen und Holofernes Kopf in der anderen Hand auf die Suche nach Sedekias. Er beleuchtete sorgfältig jeden Toten und ging systematisch das Schlachtfeld ab. Bei einem blieb er stehen – da lag der junge Bursch, dem er damals die Datteln in den Helm getan hatte. Tiberius hätte ihn fast nicht erkannt, sein Schädel war ungeschickt gespalten, es sah aus, als hätte einer mehrmals zugehauen. »Hallo«, sagte Tib, »du armes Schwein, das hätte ich dir sauberer besorgen können!« Er erschrak selbst beim Klang seiner Stimme; sie klang rau und unfreundlich, obwohl das gar nicht beabsichtigt gewesen war. ›Herrgott, ich hab aber auch einen Brand.‹

Eine Lampe schwankte ihm entgegen. Ihr Besitzer hob sie hoch, um den anderen zu erkennen, und Tiberius erkannte seinerseits Sedekias. »O du verfluchter Hund!«, schrie Sedekias, stürzte sich auf Tib und umarmte ihn, wobei er in einer Hand eine Flasche, in der andern die Lampe hielt. »O du verdammtes Schwein, ich hab schon gedacht, du wärst hin! Du musst ja auch recht blödsinnig sein, dass du dich so in den dicksten Haufen schmeißt und dann mit der Stange losziehst! Ich hab nicht schlecht geflucht in dem Graben, in dem ich die ganze Zeit lag. Warum hast du dich denn nicht dünnegemacht wie ein vernünftiger Mensch?«

»Keine Zeit«, sagte Tib erleichtert, weil er Sedekias nun endlich hatte. »Hast du was zu saufen?«

Während er trank, beleuchtete ihn Sedekias. »Der Alte sieht gut aus«, bemerkte er, »du auch, du scheinst noch ganz gut im Stand. Die andern hat's schwer hergenommen. Der größere Teil liegt hier mit der Schnauze im Dreck, und die andern haben vermutlich dort oben schon die erste Lektion im Geschirrspülen hinter sich.«

»Mit andern Worten, wir drei sind das assyrische

Heer«, sagte Tib und schwenkte den Kopf des Feldherrn; »das assyrische Heer, das gesiegt hat, denn es spült weder dort oben Teller noch liegt es hier mit der Schnauze im Dreck. Also los, nach Ninive!«
»Und Judith?«, fragte Sedekias vorsichtig.
Tiberius schaute zu der erleuchteten Stadt hinauf, die in Weihrauchschleiern lag. »Judith«, sagte er, »ja natürlich, und Judith. Vielleicht werde ich eines Tages mal wieder hierherkommen – oder auch nicht. Jedenfalls sollten zwei Männer, die sich nötig brauchen, wegen eines Frauenzimmers keinen Streit haben. Sie brauchen einander, aber die Weiber sind schon zufrieden, wenn sie ihre romantischen Vorstellungen jeden Tag zwei Mal abstauben dürfen. Was sollte aus uns werden, wenn wir jeder allein nach Ninive tippeln sollten? Ich käm nicht hin, das sag ich dir, ich siedelte mich vorher irgendwo an ... Ich dank dem Himmel, dass ich nicht der einzig Überlebende bin.«
Von der Stadt herab tönten die Gesänge der Priester, die Stimmen der Knaben schwangen sich jubelnd in die Nacht, sie wurden weniger, nur noch eine blieb, die kletterte mühelos noch einige Stufen höher und stand nun allein in der Nacht, wie eine gläserne Glocke.
Sedekias und Tiberius hatten das Gefühl, dass der Knabe ganz allein für sie sänge, um sie zu trösten für den weiten Weg, der vor ihnen lag, den Siegern in der Schlacht um Bethulia.

[31. Dezember 1946]

Der Stärkere

Die Söhne des Adam

Kain klopfte langsam am Türpfosten die Erdklumpen von seinen Schuhen. »Abel hier?«, fragte er und blieb in der Tür stehen.

»Geh aus dem Licht«, erwiderte Adam. Kain trat in die Hütte und sah nun selbst, dass Abel noch nicht da war. Adam saß neben dem Herd und schnitzelte an einem Holzlöffel. Kain setzte sich schwerfällig auf die Bank und stützte die Ellbogen auf den Tisch.

»Hast du was mit Abel?«, fragte Adam ganz nebenbei und sah Kain aus den Augenwinkeln lauernd an.

»Ich?«, sagte Kain harmlos, »oh, ich ...«, er dehnte das letzte ›ich‹, und Adam wurde das ungute Gefühl nicht los, das ihn immer befiel, wenn er Kain ansah, diesen Sohn, der ihm so verflucht ähnlich war und den er deshalb nie ohne Argwohn betrachten konnte.

Kain beachtete es nicht weiter, er war es schon gewöhnt. Er sah abwesend seiner Frau Orpha zu, die am Herd beschäftigt war, die Kessel aufhing, wieder abnahm, Salz ins Essen tat, Wasser am Brunnen holte, irgendwelches Grünzeug zerschnitt. Ihr verwaschener rosa Rock war an der Seite aufgerafft, ihr langes graues Hemd schaute hervor, oben hatte sie auch nichts weiter an als eben das Hemd, das auf der Schulter zerrissen war.

Die Strahlen der sinkenden Sonne fielen in die niedrigen Fenster, und aus der Ferne hörte man lautes Peitschenknallen, Rufen, Schreien und das Gebrüll der Herde, die Abel heimtrieb. »Abel kommt!«, rief Eva zum Fenster herein. »Und hier ist ein Korb Salat, Orpha, nimm ihn rein, damit die Biester nicht drüber herfallen!«

Adam stand auf und trat unter die Türe, und Orpha ließ einen Moment ihr Essen im Stich, um, wie allabendlich, das Schauspiel von Abels Heimkehr zu genießen. Sie kniete sich auf die Bank neben Kain und sah zum Fenster hinaus.

Der Boden dröhnte unter hunderten von Hufen. Die Herde galoppierte in den Pferch, den ein starker Palisadenzaun umgab, voran die Schafe und Hammel, dahinter die Rinder und Esel, angetrieben von Abel und seinen beiden Hirten, die lange Peitschen mit kurzen Stielen schwangen und sich laute Späße zubrüllten. Abel saß auf einem mächtigen Stier, den er mit einem Strick lenkte, der an den Hörnern des Riesen befestigt war, und vereitelte erfolgreich die Ausbruchsversuche einiger verstörter Kühe.

»Hallo Abel!«, rief Orpha zum Fenster hinaus und winkte ihm zu.

»Hallo Schwägerin!«, rief Abel munter zurück. Er sprang von seinem Reittier und trieb es in den Korral.

»Dein Essen kocht über«, sagte Kain sachlich, der auf dieses ganze Schauspiel keinen Blick verschwendet hatte. Orpha warf ihm aus ihren schrägen Augen einen sanften Blick zu, sie lächelte noch, wie sie Abel angelächelt hatte, und ging zum Herd. Adam kehrte zu seinem Schemel zurück, Eva kam vom Brunnen herein, die nassen Hände an ihrem Rock abtrocknend, und hinter ihr kam Abel, mit nacktem Oberkörper, einen Fellrock um die Hüften. Ein Geruch nach Schweiß und Erde erfüllte die Hütte.

Orpha setzte die Schüsseln auf den Tisch.

»Na, Bauer!«, rief Abel fröhlich zu Kain hinüber.

»Na, Viehknecht!«, erwiderte Kain kalt. Adam legte seine Schnitzerei weg und setzte sich an den Tisch. Abel grinste belustigt. Er dehnte seinen breiten Brustkasten, ließ sich auf die Bank neben Kain fallen

und zwinkerte seiner Schwägerin zu, die neben ihm saß.
»Einen wahren Teufel hab ich heute geritten!«, sagte er, während er aß.
»Eher hat dich der Teufel geritten, was?«, sagte Kain erbost. »Ihr seid eurer drei und nicht mal imstand, auf eure verdammten Viecher aufzupassen, die mir heute wieder in hellen Haufen in meinen Acker getrampelt sind. Natürlich, wenn man am Bach rumliegt und Gedichte macht und Musik und mit den Weibern umtreibt, dann hat man keine Zeit zu so was!«
»Na, hör mal«, sagte Eva, »das ist doch wohl Abels Sache!«
»Von mir aus«, sagte Kain grimmig, »aber wenn seine Biester meine Äcker zertrampeln, so ist das verflucht meine Sache und seine auch. Jedenfalls ist es eure schon gar nicht.«
»Naja«, sagte Abel ergeben und heiter, »ich geb's ja zu, es war eine Dummheit. Ich hab nicht aufgepasst, tut mir leid. Genügt dir das?«
»Schau dir mal den Acker an, und dann stell nochmal alberne Fragen!«
»Jetzt gib aber Ruh!«, sagte Adam verdrießlich. Sie aßen schweigend weiter bis auf Kain, der mit dem Löffelstiel senkrechte und waagrechte Linien auf den Tisch kratzte.
Abel grinste Orpha zu, machte eine Grimasse und zwickte sie in die Taille. Sie bemühte sich vergebens, nicht zu lachen, schließlich hielt sie es nicht mehr aus. Bei ihrer hemmungslosen Heiterkeit hob Kain den Kopf, sah sie unfreundlich an und schaute wieder auf den Tisch. Orpha verstummte, sie und Abel warfen sich weiterhin muntere Blicke zu und atmeten tief, um nicht lachen zu müssen. Orpha räumte

das Geschirr zusammen, sie nahm Kain den noch halb vollen Teller weg, ohne dass er es bemerkte.
Er stand auf und ging zur Tür.
»Komm, Orpha!«, sagte er, »Nacht, ihr andern.«
Als Orpha, die Hände an ihrem Rock abtrocknend, an Abel vorbeikam, fasste dieser sie beim Arm und hielt sie fest. Orpha riss sich los und flog gegen Kains Rücken, der unter der Tür stand und auf sie wartete. Kain hielt sich überrascht am Türrahmen fest und warf über die Schulter Abel einen bösen Blick zu. Er legte den Arm um Orpha.
»Na, Alte, schlecht zu Fuß?«, sagte er gutmütig, wie um zu zeigen, dass er Abel die Schuld gab, und zog sie zur Tür hinaus.

Schatten

Als sie allein waren, schürte Adam das Feuer nochmal, warf noch ein paar Holzklötze darauf und setzte sich wieder rittlings auf die Bank neben dem Herd. Er legte die Arme auf den steinernen Rand des Herdes und starrte ins Feuer. Eva sah zu, wie das Feuer sein Gesicht von vorn hell beleuchtete und sein Schatten hinter ihm manchmal klein wurde, manchmal riesengroß über die Wände und die Decke kletterte.
›Das ist so, wie er ist, der Schatten; wie alle Männer sind‹, dachte Eva und rollte den Saum ihrer Schürze zusammen und wieder auf; ›manchmal großartig, ein wahrer Riese, ein doller Kerl, und manchmal so klein, dass ihr Schatten, wie grad eben, bequem unter der Bank Platz findet.‹

Sie betrachtete sein Gesicht, das kühn war, das Gesicht des Riesen und dollen Kerls, mit dem Wust schwarzer Locken darüber, dicht wie ein Fell und zu dem der verlorene Ausdruck nicht passte, der in den Augen lag.
Eva gähnte verstohlen.
»Zeit, schlafen zu gehn«, sagte sie ermunternd. Adam hörte nicht hin. »Ein unglücklicher Bursch!«, sagte er schließlich, mehr zu sich selbst. »Wer?«, fragte Eva angriffslustig und schon gar nicht mehr müde. Er meinte eins ihrer Kinder, sicher meinte er Kain, das merkte sie. Und siehst du wohl, da sagte er's auch schon.
»Kain«, sagte Adam, »Kain hat nur die schlechten Eigenschaften seiner Eltern geerbt. Er ist wirklich unglücklich.«
»Schlechte Eigenschaften?«, sagte Eva erstaunt, »schlechte Eigenschaften? Was sollte er wohl von mir für schlechte Eigenschaften geerbt haben? Und dir ist er sowieso gänzlich unähnlich!« Sie wusste zwar, dass Kain Adam sehr ähnlich war, aber das passte ihr im Moment nicht in den Kram.
»So viel steht fest, meine Geschwätzigkeit hat er nicht geerbt, und das, hast du doch immer behauptet, wäre die unerträglichste meiner Eigenschaften!«
»Leider«, sagte Adam finster, »dafür hat Abel wirklich ein zu loses Maul, und es schadet ihm nichts, wenn ihm Kain manchmal eins draufgibt. Wenn er nur nicht Kain mit seinen Albernheiten zu sehr reizt!«
»Unsinn!«, sagte Eva bestimmt, »Kain geht's gut. Unsern Kindern geht's gut, was sollte ihnen denn fehlen?«
»Kain ist unglücklich«, sagte Adam störrisch.
»Für mich stehe ich jedenfalls gut«, sagte Eva, indem sie Adams Einwand überhörte, »*ich* weiß, woher ich

komme. Von dir weiß es allerdings kein Mensch.«
»Was?«, sagte Adam verblüfft. »Du stehst gut für deine Herkunft? Von wem stammst du denn ab?«
»Von dir«, sagte Eva kühl und gähnte, »sollte dir das unbekannt sein? Im Übrigen scheint es mir an der Zeit, schlafen zu gehn.«
»Es ist verdammt unnötig, dass Abel und Orpha immer miteinander flirten«, sagte Adam düster.
»Ach! Aber als du selbst mit Orpha zu flirten versuchtest, ganz am Anfang, das hat dich wohl nicht gestört, was? Lass das nur Abels und Kains Sache sein, was geht das uns an?«
»Gute Nacht!«, sagte Adam, nun wirklich verdrießlich, suchte sein Lager in der Ecke auf und rollte sich in seine Pelzdecken. Sein Schatten war ganz klein und fast nicht mehr zu bemerken in der dunklen Ecke. Eva ging auf und ab und kämmte ihre Haare mit einem hölzernen Kamm. Manchmal warf sie mit einer energischen Bewegung des Kopfes die Haare nach hinten, sie hingen ihr lang den Rücken hinab.
»Geerbt!«, sagte sie in Richtung der Schlafstelle. »Was soll das heißen, geerbt. Ein Kind mag geerbt haben, was es will, auf jeden Fall ist es Sache seiner Eltern, vermittels Erziehung das aus ihm zu machen, was sie für gut finden. Aber du hast dich ja nie um Erziehung gekümmert, du hast behauptet, du hättest auch keine gehabt, und gesunde und vernünftige Kinder von ordentlichen Leuten hätten das nicht nötig. Wirklich, du warst oft sehr sonderbar, nie hatte ich eine Hilfe an dir. Erziehung ist alles. Ich würde mich anheischig machen, das Kind eines Wegelagerers aufzuziehen …«
»Genug!«, rief Adam empört und richtete sich aus seinen Fellen auf, sein Schatten kam riesengroß hinter ihm an der Wand hochgeklettert, seine zerwühlten

Haare machten ihn wilder und zorniger aussehen, als er tatsächlich war. »Jetzt ist's aber genug! Hab ich denn jemals hier in diesem Haus etwas äußern dürfen, das nicht von vornherein als Blödsinn abgelehnt worden ist? Wenn ich jemals etwas sagte, hieß es gleich: ›Lass, das verstehst du nicht, kümmer du dich um deinen Kram‹, oder ›Das gehört nicht hierher, das ist ja Philosophie! Das interessiert uns nicht‹. Und du stehst da nun die längste Zeit und redest den ausgekochtesten Bockmist, den je einer anzuhören verdonnert war. Wegelagerer! Erziehung! Blödsinn!«
Er warf sich wütend zurück und starrte an die Decke, über die ab und zu Evas Schatten entlangkletterte, der ein gespenstisches Aussehen hatte durch die langen Haare, die Eva zornig und schweigsam auf den Rücken schleuderte. Das Feuer war am Verlöschen. Die Schatten kamen aus den Ecken gekrochen, und Adam hörte Eva nur noch laufen, er sah sie nicht mehr. Er wartete darauf, dass sie jetzt wütend werden oder weinen würde, und überlegte sich, was er in diesem Fall wohl täte; falsch wäre es ja sicher, er mochte tun oder sagen, was er wollte. So sind die Weiber nun mal. Aber Eva wurde nicht wütend, sie weinte auch nicht. Adam hörte sie seufzen, und dann sagte sie mit ganz kleiner Stimme: »Naja, wenn schon …«
Draußen pfiff jemand leise.
»Abel«, sagte Adam zärtlich. Man hörte Abel halblaut mit seinem Hund reden, kleine Steinchen flogen an die Tür, der Hund sprang an Abel hoch. »Ach, wer ist's, der mir vergessen hilft. Deiner Augen Glut, Deines Herzens Eis …«, sang Abel halblaut vor sich hin. Adam und Eva lauschten mit angehaltenem Atem auf das Lied Abels, der sich zum Bach hin entfernte, um eine seiner Freundinnen zu treffen.

Nocturno

»Kain?«, fragte eine leise Stimme aus der Dunkelheit.
»Ich bin's, Abel«, erwiderte Abel in die Dunkelheit. Die Stimme kam näher, und Abel erkannte seine Schwägerin. Er erkannte sie hauptsächlich an dem Riss im Hemd, durch den ihre helle Schulter leuchtete.
»Du hast Kain nicht gesehen?«, fragte sie, indem sie sich die Haare aus der Stirn strich.
»Nicht mehr seit dem Essen«, sagte Abel, »suchst du ihn?«
Orpha zuckte die Achseln, sie schaute unbestimmt in die Nacht und zeichnete mit dem nackten Fuß im Sand. Versehentlich berührte ihr Fuß den Abels, sie erschrak und sagte: »Oh, verzeih!«
»Kleines Mädchen«, sagte Abel zärtlich. Er hob die Hand, als wolle er Orpha liebkosen, besann sich aber und fuhr sich stattdessen durch die Haare. »Kleines verlorenes Mädchen, du solltest nicht so allein in dieser dunklen Nacht herumlaufen. Es gibt gewisse Nächte und gewisse Zeiten in diesen Nächten, wo nur Liebende draußen herumlaufen sollten, die einander nicht im Weg sind. Komm mit an den Bach. Wir wollen uns in tiefes Gras setzen, die Beine ins kühle Wasser hängen und den Grillen zuhören. Und wir werden kein Wort sprechen, und die Nachtigallen werden singen, und die Forellen werden uns leise in die Zehen beißen, und wir werden ihre Schuppen ab und zu leuchten sehen und niemandem im Weg sein.«
Orpha gab keine Antwort, sie sah immer noch in die Nacht. Abel nahm ihren Kopf in beide Hände und versuchte, in ihre schrägen Augen zu schauen, aber

sie senkte die Lider. Abel sah, dass sie weinte, und fühlte die Tränen auf seinen Händen. Er legte seinen Arm um sie und ihren Kopf an seine Brust. »Kleines Mädchen«, sagte er nochmal leise, »kleines verlorenes Mädchen.« Es war ganz still, nur die Grillen zirpten, und der Bach gluckerte leise. Sie hörten Kain kommen, Orpha wollte sich losmachen, aber Abel hielt sie fest. »Hallo!«, sagte Kain, aus der Dunkelheit aufrauchend.

»Hallo Kain«, sagte Abel ungerührt, »wir suchen dich!«

»Den Eindruck habe ich auch«, sagte Kain trocken. »Was meinst du? Werdet ihr mich finden?«

Abel ließ Orpha los, sie fuhr mit der Hand übers Gesicht, um die Tränen wegzuwischen. »Sicher«, sagte Abel, »werden wir dich finden, wenn wir den ersten Schmerz über deine Abwesenheit überwunden haben.«

»Seid ja eurer zwei«, sagte Kain kalt, »werdet euch schon trösten!«

»Wirklich, Kain«, sagte Abel ein wenig unbedacht, »du solltest Orpha nicht weinen machen. Wozu läufst du nachts aus dem Haus, ohne ihr was zu sagen?«

»Hat sie geweint?«, fragte Kain überrascht. Er sah Orpha grübelnd an. Sie lächelte, aber ihre Augen waren traurig. »Sie hat noch nie geweint – bei mir. Du scheinst doch nicht der richtige Trost zu sein, in diesem Fall. Was zwölf Damen passt, passt der dreizehnten nicht!«

Orpha öffnete die Lippen, als wollte sie etwas sagen, drehte sich schnell um und lief nach Haus.

»Weinen machen!«, sagte Kain gedankenvoll. Er schüttelte den Kopf und folgte Orpha langsam. Abel sah ihm nach, solange es die Dunkelheit erlaubte, etwas zu sehen, wie er sich mit ungelenken, unregelmäßigen Schritten entfernte, so wie alle Bauern gingen, wie sein Vater auch ging. ›Er ist ein völliger Trottel‹, dachte Abel erstaunt, ›oder er ist gemein.‹ Dann setzte er seinen Weg zum Bach fort.

Feuer und Rauch

Abel schichtete sorgfältig verschiedene Hölzer aufeinander, die gut brennen, nahm dem Knecht das geschlachtete Lamm ab und legte es obendrauf. Er deckte es mit dem abgezogenen Fell zu, an dem er sich vorher noch die harzigen und blutbeschmierten Hände abgewischt hatte. »Ich hoffe, Du nimmst mein Opfer gnädig an, o Herr«, murmelte er zerstreut, während er um den Altar herumging und manchmal leise an einem Holz rüttelte, um zu sehen, ob es auch hielte. »Nicht dass mir der ganze Kram zusammenkracht – und nimm es nicht weiter übel, dass das Lamm nicht besonders ist. Es ist sonst ein schönes Lamm, nur, dass es gehinkt hat … Du hast doch das Lahme genommen?«, sagte er zu dem Knecht.
Der Knecht, der neben dem Altar kniete und mühsam mit gerunzelter Stirn und geschlossenen Augen betete, öffnete einen Moment erschreckt die Augen, er beeilte sich zu nicken und fuhr dann in seiner krampfhaften Andacht fort. Abel betrachtete ihn, wie er sich so abquälte, und sah dann hinüber zu Kains Hügel und hinab ins Tal zu ihren Hütten. Eben kam Orpha aus ihrem Haus, mit einem Korb voll Früchte und einem dicken Kürbis auf dem Kopf. Sie schickte sich an, zu Kain hinaufzusteigen. Abel schaute einen

Moment zu, wie sie vorsichtig, einen Fuß vor den andern setzend, den Felsbrocken und Dornsträuchern auswich, die als einzige Abwechslung den dürren Hügel belebten. Ihr Hemd war nicht mehr auf der Schulter zerrissen, Abel bedauerte es, aber dann fiel ihm ein, dass das im Augenblick überhaupt ein gänzlich abwegiger Gedanke sei, und er sah wieder auf seinen Altar und betrachtete das Blut, das aus der abgezogenen Haut tropfte und am Boden vom Staub verschluckt wurde. »Ja, also«, sagte er, bemüht, seine Gedanken beieinanderzubehalten, »das ist also mein Opfer, o Herr, und ich denke, Du solltest es nicht für übel nehmen, dass es lahmte, es war sonst ein schönes Tier und so fett ..., und ich bitte Dich, lass mich in Deiner Gnade stehen, dass meine Herden gedeihen und größer werden, und wende von meinen Eltern und meinem Bruder und Orpha und mir alle Krankheiten und Tod und Elend ab, und verschone in Gewittern unsere armseligen Hütten, naja, und Du weißt schon, Du weißt es ja ohnehin besser, was uns fehlt ... und so weiter.«
Er schaute hinüber zu Kain und Orpha, deren Silhouetten sich gegen den Himmel abzeichneten, und in Gedanken wiederholte er mehrmals: ›Und so weiter, und so weiter ... und so weiter ...‹
Er lief seinen Hügel hinab und zu Kain und Orpha hinauf, die immer noch an ihrem Altar bauten. Eben setzte Kain den Kürbis obendrauf, trat einen Schritt zurück, betrachtete das Gebäude aus Obst, Gemüse und Blumen und sagte verdrießlich: »Naja ...« Abel spazierte um den Altar herum. »Ich weiß nicht, was du willst«, sagte er voller Anerkennung, »das haut doch mächtig hin?!«
»Ach, Dreck!«, erwiderte Kain mürrisch. Er riss wütend an ein paar Blumen. Der Kürbis geriet ins Wan-

ken. Orpha und Abel stürzten herbei, um ihn festzuhalten. Ihre Hände trafen sich, und einen Moment schauten beide betroffen auf den Kürbis und ihre Hände. Abel schluckte, er räusperte sich und ließ den Kürbis vorsichtig los.

»Ich geh mal Feuer holen«, sagte er und lief in langen Sätzen den Weg zu den Hütten hinunter.

Kain stützte die Hände in die Hüften und machte den Versuch zu beten. »Besser hab ich's nicht gekonnt, Herr«, sagte er, »ich hoffe nur, das Zeug gefällt Dir. Der Kürbis war der größte von allen, aber ich fürchte sehr, dass er herunterfallen wird ..., na, und Du weißt ja selbst, o Herr ... beschütze meine Familie und suche meine Felder und Orphas Garten nicht so arg heim ...« Er sah Abel mit einer Fackel aus dem Haus stürzen und den Berg hinaufrasen.

»Und Abel und Orpha ..., ach, weißt Du ..., ich seh's schon, der verdammte Kürbis hält sich da nicht ... Abel und Orpha, Orpha und Abel, siehst Du ...«

Da war Abel heran, er schrie: »Zurück, ihr!« Sein Gesicht war rot vom Laufen und der Hitze, die die Fackel ausströmte, er keuchte und lief um den Altar herum und zündete den Haufen an allen Seiten an. Einen Moment blieb er stehen, keuchend, wischte sich mit dem Handrücken die Stirn, und als er sich vergewissert hatte, dass es brannte, stürzte er davon, zu seinem Altar. Kain und Orpha schauten ihm nach, wie er gleich einem Kometen mit feurigem Schweif im Zickzack zwischen den Felsen und Dornsträuchern seinen Weg verfolgte. Dann sahen sie noch, wie sein Opfer lichterloh in Flammen aufging, aber dann sahen sie nichts mehr, denn mit einem Male drückte es den Rauch ihres Feuers herunter und hüllte sie ein, und sie mussten husten. Nach einer Weile, als Kain lange genug gewartet hatte, dass es sich von selbst geben würde und sich das als Trugschluss herausgestellt hatte, machte er sich daran, das Feuer neu zu schüren, und er gab sich auch redliche Mühe, aber es nützte nichts, es flackerte kränklich. Das hatte es nie getan, es brannte nicht hell, wie sich das gehört hätte, und der Rauch lagerte in dicken Schwaden um den Altar. Abel tauchte aus dem Rauch auf, und Orpha verschwand auf der anderen Seite im Rauch, hustend und mit tränenden Augen.

»Brennt nicht!«, sagte Abel sachlich, »versteh ich nicht, war doch gut gebaut! Ich bin längst fertig. Muss doch irgendwas in der Luft liegen; das drückt den Rauch runter.«

»Der verdammte Kürbis!«, sagte Kain wütend, als wäre die angeschmorte und verrußte Frucht die Ursache allen Ärgernisses.

Es war schon dunkel, als Kain und Abel endlich schwitzend, rußbeschmiert, verstaubt und mit geröteten Augen wieder daheim anlangten. Adam legte seine Schnitzerei fort, er setzte sich zu ihnen an den Tisch, die schweigend und immer noch hustend ihre Suppe aßen, und fragte: »Wie kommt's, Kain, dass das nicht hat brennen wollen?«

Kain gab keine Antwort, er brach ein Stück Brot ab und aß unbeteiligt weiter.

»Kain!«, sagte Adam eindringlich, »das muss wohl an dir liegen! Das gibt's doch nicht, dass ein Opfer nicht brennt! Abels Feuer hat doch auch gebrannt.« Kain senkte die Augen, um seinen hasserfüllten Blick zu verbergen. »Ich hab's genau gemacht wie sonst«, sagte er gezwungen ruhig, »ich hab keine Schuld.«

»Wirklich, Vater«, sagte Abel, »das Ding war absolut ordentlich gebaut, es muss mit dem Wind was nicht gestimmt haben.«

»Nun, wenn Kain sich nichts vorzuwerfen hat«, sagte

Adam und erhob sich ein wenig ächzend, »dann ist wohl mit dem Wind was nicht in Ordnung gewesen!«

Im Schilf

Unter der Tür trafen Kain und Abel zusammen. Abel triefte noch von seinem abendlichen Bad, das Wasser lief in vielen kleinen Bächen über seine glatte bräunliche Haut, er sah hell aus gegen Kain, obgleich er ebenso dunkle Haare hatte.
»Ich muss mit dir reden!«, sagte Kain, ohne Abel anzuschauen, und drängte ihn wieder zur Tür hinaus.
»Wie du willst!« Abel blieb stehen und legte den Kopf auf die linke Schulter, er hüpfte auf dem linken Bein, um das Wasser aus dem Ohr zu kriegen. Kain schlug ungeduldig mit dem Fuß auf den Boden, während er Abel zusah, der nun auf dem rechten Bein hüpfte und sich endlich anschickte, Kain zu folgen.
Der Weg führte zwischen hohem Schilf durch, die Hitze des Tages hatte kaum nachgelassen, von dem sumpfigen Boden stiegen schwere süßliche Düfte auf, die an Verwesung erinnerten. Der Boden war nachgiebig und schwankte unter ihren Schritten.
»Muss das sein, dass du mich hier hereinschleppst?«, fragte Abel und hüpfte auf dem rechten Bein.
Kain, der vorausging, wandte sich um. Auch jetzt, wo Abel krumm dastand, war er immer noch einen Kopf größer als Kain. Kain sah ihn böse an, und Abel, der ihn nicht anschaute und immer noch mit seinem Ohr beschäftigt war, fuhr fort: »Eine blödsinnige Hitze ist das hier! Ich kann glatt nochmal baden!«

»Du«, sagte Kain verbissen, »mir passt das nicht, das mit Orpha!«
»Was?«, fragte Abel und sah mit offenem Mund Kain von unten her an. »Du flirtest mit meiner Frau. Das kann ich nicht leiden, das weißt du. Hörst du denn nicht?!«, schrie er plötzlich Abel an, der seine Haare auswrang, und gab ihm einen leichten Faustschlag gegen den Oberarm. »Du weißt, dass ich das nicht leiden kann, und du tust es trotzdem, nur um mich zu ärgern, du blöder, dicker, großer Idiot!« Während er sprach, schlug er Abel noch ein paarmal auf den Arm. Abel betrachtete ihn erstaunt.
»Lass das«, sagte er schließlich, »du machst mich nervös!«
»Nervös!«, rief Kain, durch Abels Ruhe in Zorn gebracht. »Ich rede von Orpha, und du sollst sie in Ruhe lassen, sonst ...«
»Sonst?«, fragte Abel. »Sonst? Was sonst? Hat sie sich bei dir beschwert? Und dir sag ich jetzt zum letzten Mal, du sollst mich nicht dauernd antatzen. Ich mag das nicht, und nimm dich in acht, ich bin der Stärkere!«
Kain drang erneut auf ihn ein: »Und überhaupt, siehst du nicht, dass du mich störst, dass du mich quälst, überhaupt ...«
»Überhaupt und außerdem!«, sagte Abel spöttisch, »ich sehe, dass du mir nichts zu sagen hast. Ich geh also.« Er packte Kain, der ihm im Weg stand, bei den Hüften und warf ihn ein paar Schritt weit beiseite ins Schilf.
Kain hätte später nie mehr zu sagen gewusst, wie das Messer in seine Hand gekommen war, als er sich aus dem Schilf aufrappelte und hinter Abel herlief. Abel hörte Kains Schritte hinter sich und wandte sich geschmeidig um. Kain war bleich vor Zorn, sein ganzes

Wesen bestand aus Hass. Aber Abel bemerkte es nicht. »Hast du noch nicht genug, mein Kleiner?«, sagte er in gutmütigem Hohn. Er ergriff Kain wieder um die Taille wie vorhin, um ihn wieder ins Schilf zu schmeißen. »Ich bin doch der ...«, sagte er, aber auf einmal brach er ab, denn Kain hatte ihn auf den Rücken geschlagen, das tat weh, er wankte etwas, er ließ Kain los, und Kain sprang zurück, damit der fallende Körper ihn nicht mit zu Boden reißen konnte. Abel stützte sich auf beide Arme, sein Atem ging pfeifend und schmerzhaft, zwischen seinen Rippen im Rücken steckte Kains Messer. Kain würgte es im Hals, in diesem Moment hätte er sein Leben gegeben, um das seines Bruders zu retten, in seinem Herzen schrie es um Erbarmen, er flehte den Himmel an, Abel das Leben zu lassen, aber es half alles nichts. Abels Arme knickten ein, er rollte auf die Seite; Kain kniete neben ihm nieder, er sah in das Gesicht, das der Schmerz alt gemacht hatte, alt und ganz grau. »Abel!«, stammelte er. »O Gott, o Abel!«

Abels umherirrende Augen ruhten einen Moment lang auf ihm, er hustete leicht, Blut kam aus seinem Mund. Er lächelte schmerzlich und spöttisch. »... der Stärkere ...«, sagte er röchelnd. Seine Augen verdrehten sich, ein Strom Blut stürzte ihm aus Mund und Nase, er gurgelte noch einmal. »Abel!«, schrie Kain verzweifelt.

Faulige Dünste stiegen aus dem Schilf auf, einige Quellen gluckerten, und die Sumpfvögel raschelten durch das Riedgras.

Kain setzte sich neben den Toten und betrachtete ihn. Mechanisch scheuchte er einige blaugrüne Fliegen fort, die sich auf Abels Gesicht setzen wollten. Er sah Abel aufmerksam an, als könne er noch eine Spur von Leben in ihm entdecken, aber Abel regte sich

nicht mehr, und Kain ermannte sich endlich, ihm die Augen zu schließen, die so scheußlich verdreht waren. Das war nun Abel, und er, Kain, hatte ihn getötet, ihn, seinen Bruder. Noch nie hatte ein Mensch einen andern getötet. Er hatte ihn im Kampf besiegt; aber Abel war doch der Stärkere. Das spöttische Lächeln war geblieben, und wären nicht die Bäche von Blut, die über das Gesicht gelaufen waren, könnte man meinen, Abel schliefe und er würde gleich die Augen öffnen und sich strecken und gähnen.
»Abel«, flüsterte Kain leise, ach, wenn Abel nur schliefe. Wenn er doch die Augen aufmachen wollte, hellgraue Augen hat er gehabt – oder waren sie blau–, Kain konnte sich nicht mehr erinnern. Er schob vorsichtig eins der Lider nach oben, aber die Nacht war langsam hereingebrochen, er konnte nichts mehr unterscheiden, es war ein dunkler Fleck in Hell, wie Abels Gesicht ein heller Fleck war in Dunkel. Kain schloss einen Moment die Augen, um Abels Gesicht nicht mehr zu sehen. Aber nun sah er es fast noch deutlicher, die gewölbten Lider, unter denen er die verdrehten Augen wusste, den halb offenen Mund, das spöttische Lächeln, die Ströme von geronnenem Blut. Und mit geschlossenen Augen sah er auch, was ihm nie vorher mit Bewusstsein an Abel aufgefallen war, dass seine Augenbrauen über der Nase sich trafen, die kleine Narbe an der Schläfe, den Wirbel im Haar überm rechten Auge, der seine Haare dort besonders lockig machte. Er erkannte verzweifelt, dass er niemals dieses Gesicht vergessen würde, nicht im Schlafen und nicht im Wachen, das Gesicht seines Bruders Abel, den er ermordet hatte.

Der Weg ins Elend

Die Sonne brannte ohne Barmherzigkeit. Kain, der mühsam den armseligen zweirädrigen Karren durch den tiefen Sand zerrte, hatte das Gefühl, als seien seine Eingeweide und sein Gehirn von der glühenden Hitze zerfressen und zu Staub zerrieben. Wenn er die Augen einen Moment schloss, tränten sie ihm sofort. Ein trockener Husten quälte ihn und Orpha, die hinter ihm ging, ihr Bündel auf dem Kopf balancierend, bleich vor Anstrengung und Hitze, mit gesenkten Augen, die sie kaum noch erhob, seit sie bemerkt hatte, dass sie Kain störte, wenn sie ihn ansah. In der Ferne stand wie eine dunkle Mauer ein Wald gegen den Horizont. Nicht durch den Wald, hatten die Leute gesagt, es treibt sich Gesindel dort herum. Kain stellte sich den Wald vor, seine Kühle, den Schatten, vielleicht würden Quellen dort sein und Moos auf dem Boden …

Er zweifelte, dass er den Wald noch erreichen würde, er hatte keine Kraft mehr. Der kleine Karren war leicht genug beladen, aber es schien Kain, als hätte er einen Felsblock hinter sich herzuzerren, die Hitze fraß ihn auf, zehrte das Mark aus den Knochen, das Gewicht des Karrens riss an seinen Sehnen, ihm war, als hätte er nie Muskeln gehabt. Orpha schien stärker zu sein, sie klagte nie; alle waren sie stärker als er. Da war er wieder, der leidige Gedanke an Abel, der sein Leben zerstörte, weil er das seinige zerstört hatte. Alle waren stärker; er erinnerte sich des Abends, als er Abel heimgeschleppt hatte; wie schwer war er ihm erschienen. Damals wusste er noch nicht, was es heißt, bei Sonnenglut einen Karren durch tiefen Sand zu ziehen, und das Gespenst des ermordeten Bruders

sitzt einem auf den Schultern und zerbricht einem das Kreuz und macht die Knie zittern und verwirrt die Sinne, und das Herz klopft schmerzend in den Schläfen. Er hatte den Toten vor den Herd gelegt, und Adam war aufgesprungen und hatte wie ein Baum vor dem toten Sohn gestanden, etwas vornübergebeugt, um ihm ins Gesicht zu sehen, und hatte zwischen Kain und Abel hin- und hergeschaut. Kain hatte den Blick nur gefühlt, denn er hatte sich nicht getraut, den Vater anzuschauen, und dann hörte er Evas Schrei, als der Vater sich auf ihn stürzte und ihn an der Gurgel packte: »Willst du mir dieses Kind auch noch ermorden? O ihr Wölfe, die ihr einander fressen müsst, o mein Abel!«
Kain hatte den Kopf zum ersten Mal erhoben, und Adam war zurückgewichen, denn es war etwas an Kain, das jeden verhindert hätte, Hand an ihn zu legen.
Er war damals an der Tür gestanden, er hätte tausend Dinge sagen, sich erklären mögen, aber ihm war wie einem, der stumm geboren ist. Er sah zu, wie Orpha Wasser holte und Abels Gesicht wusch, das in ihrem Schoß lag, während ihre Tränen unablässig tropften und in Abels dunkle Locken fielen und über sein Gesicht rannen.
»O Kain«, hatte Adam gesagt, müde wie einer, der die Welt bis an ihr Ende übersieht, voll mit Unrecht und Gewalt und Not, und seine Ohnmacht erkennt, etwas dagegen zu tun. »O Kain, warum hast du die Sünde eingelassen, die vor deiner Tür gelauert hat? Das Blut deines Bruders schreit auf zum Himmel. Aber uns kommt es nicht zu, übereinander zu Gericht zu sitzen; Gott hat dich schwerer gestraft, als du vielleicht ahnst, dadurch, dass er deine Untat zuließ. Du wolltest zeigen, dass du auch stark bist, aber Abel

wird immer der Stärkere sein, solange du es mit gemeinen Mitteln versuchst ...«
Kain sah wieder Abels Gesicht vor sich, bräunlich blass, lächelnd über Kains Schwäche und seine Niedrigkeit. Da war der Waldrand. Kain brach eher zusammen, als er sich niedersetzte.
»Ich kann nicht mehr, Orpha«, sagte er, es war eine Art Krächzen, von Husten unterbrochen. Orpha saß neben ihm, ihre entzündeten Lider gesenkt, und Kain hatte das Gefühl, als hätte er sie nie mehr geliebt als in diesem Moment, ihr sanftes Gesicht, das von einer Staubschicht bedeckt war, ihre etwas schrägstehenden Augen, die Linie ihrer geschwungenen Oberlippe. Es drängte ihn, ihr etwas zu sagen, das sie freuen würde, aber ihm fiel nichts ein. Er dachte an alles, was er ihr ehemals gesagt hatte, aber das passte nicht mehr hierher. Das war nicht, was einer, der seinen Bruder ermordet hatte und ins Elend wanderte, zu seiner Frau sagen konnte, die ihm gefolgt war. Er hörte sich langsam sagen: »Das Blut deines Bruders schreit zum Himmel!«, und erkannte erst an Orphas entsetztem und ratlosem Gesicht, was er gesagt hatte. Er brach in Schluchzen aus, verbarg sein Gesicht in seinem Mantel und stammelte: »Geh allein weiter, Orpha. Ich kann nicht mehr. Ich werde verrückt. Geh allein weiter. Lass mich hier!«
Orpha schüttelte den Kopf: »Ich geh dahin, wo du auch hingehst«, sagte sie einfach.
Kain richtete sich wieder auf. »Nein«, krächzte er, »du sollst nicht mehr bei mir sein. Geh. Geh allein und wenn ich wieder ein Mensch geworden bin, will ich zu dir kommen, oder ich komm nie. Ich will nicht, dass du bei mir bist, ich bin ein Mörder. Du sollst nicht mehr nachts wachliegen aus Furcht vor mir,

oder meinst du, ich hätte das nicht bemerkt? Geh. So geh doch schon.« Orpha stand schwerfällig auf, sie nahm ihr Bündel auf.
»Du kannst das da mitnehmen«, sagte Kain rau und wies auf den Karren. Gehorsam bückte sie sich nach dem Strick. Sie sah Kain an, zum ersten Mal seit langem. Kain hätte verzweifeln mögen über die Verlassenheit in ihren Augen, über die Trostlosigkeit, die in ihrer ganzen Haltung lag. »Also, dann leb wohl«, sagte er laut.
»Ja dann – mach's gut, Kain«, sagte Orpha ebenso leise, wie er laut gesprochen hatte. Kain sah ihr nach, wie sie aufrecht mit ihrem Bündel auf dem Kopf davonging und den Karren hinter sich herzerrte. Er hatte ihr nicht mal geholfen, das Bündel auf den Kopf zu heben. Er wusste, dass mit Orpha das Beste seines Lebens davonging, dass er nun für immer allein war mit Abel, dass das letzte bisschen – ach, könnte man es überhaupt noch Glück nennen? – das letzte bisschen Freude aufhörte, er wusste, dass er jetzt ein verlorener Mann war, und dass er selber daran schuld war. Er wollte schreien, Orpha zurückrufen oder hinter ihr herlaufen und sie in die Arme nehmen und sich nie mehr von ihr trennen, mit ihr zusammen sterben; aber da fiel ihm seine Mutter ein, er hörte sie sagen: »Willst du mir das Kind auch noch ermorden?«, er sah wieder Abels Gesicht vor sich, er stopfte sich ein Stück seines Mantels in den Mund, damit er nicht schreien konnte, und sah Orpha nach, wie sie am Waldrand entlangging. Seine brennenden Augen füllten sich mit Tränen. Orphas Bild verschwamm, und als er sich die Augen getrocknet hatte, war Orpha nicht mehr zu sehen.

Sauzahn

Kain erwachte davon, dass ein Zweig hinter ihm knackte und eine Stimme zornig zischte: »Idiot! Musst du so herumtrampeln?«
Einen Moment blieb er so sitzen, den Kopf auf den Knien, an den Baum gelehnt, und versuchte, sich zu erinnern. Er war in den Wald gegangen, fiel ihm ein, nachdem Orpha allein weitergegangen war, und hatte sich an einen Baum niedergesetzt, und aus seinem Schlaf hatten ihn diese Leute gerissen, deren Füße er rings um sich sehen konnte, wenn er die Augen aufmachte. Er sah die Füße an, aus halbgeschlossenen Augen; einige trugen Stiefel, einige waren mit Lappen umwickelt und einer war barfuß. Das heißt, ein Fuß war barfuß, der andere war nicht da, ein dicker Stock stand stattdessen da, und Kain betrachtete den nackten Fuß, der die Zehen bewegte, verlegen, schien es ihm. »Das kommt davon, wenn man solche Tölpel mitnimmt«, sagte eine andere Stimme leise, sie schien links von dem mit den zerrissenen Stiefeln zu kommen: »Na, nun macht schon!«
Jemand schlug Kain auf die Schulter, und der, der vorhin gezischt hatte, sagte laut, aber immer noch zischend: »Du, wach auf!« Kain rührte sich nicht. Der Mann schlug Kain heftig mit der Faust auf die Schulter, und eine andere Stimme sagte: »So ein Aas! Tritt ihn doch wohin, Sauzahn!«
Kain hob heftig den Kopf und sagte: »Lass das gefälligst, Trottel!« Er sah die Männer, die ihn umstanden, der Reihe nach an. Sie bewegten sich etwas nach rückwärts unter Kains furchtlosem und kaltem Blick, und der Mann, den sie Sauzahn genannt hatten, sagte zischend: »Hast du Geld?«

Kain lachte höhnisch: »Hältst du mich für einen reisenden Prinzen, was?« Er stand auf. Die Männer überragten ihn um Kopflänge, besonders der mit dem Holzbein.

»Hast du keine Angst, dass du hier im Wald einschläfst?«, fragte der Sauzahn.

Kain sah ihn an, noch nie hatte er so einen hässlichen Menschen gesehen. Mit seiner grauen Haut von der Farbe alter Lumpen, vorstehenden Backenknochen, farblosen und etwas starren Augen und den Zähnen, die ihm kreuz und quer im Mund herumstanden und denen er seinen Namen und seine zischende Redeweise verdankte, war Sauzahn wirklich ein unerfreulicher Anblick. Er fühlte sich unter Kains Blick nicht wohl.

»Wieso sollte ich Angst haben«, sagte Kain und reckte sich, »ich hab dir doch gesagt, dass ich kein Geld hab. Was kann mir schon passieren?«

»Was treibst du für ein Gewerbe?«, fragte der Sauzahn. Er sah aus, als hätte er Angst vor Kain.

»Ich bin Kain«, sagte der andere. Die Männer gingen noch etwas mehr zurück. Der Sauzahn fasste sich am schnellsten. »Ah«, sagte er und zischte mehr als sonst, »du bist der, der seinen Bruder um die Ecke gebracht hat.«

Ein Schweigen entstand. Kain nickte dem Sauzahn freundlich zu und ging, die Hände im Gürtel, zwischen den Männern, die ihm beflissen auswichen, langsam weiter in den Wald hinein. Der Sauzahn fasste wieder etwas Mut, als er Kain von hinten sah. »Halt!«, rief er.

Kain drehte sich um. Der Sauzahn kam näher. Er sah zu Boden, um Kains Augen nicht begegnen zu müssen. »Du kannst da nicht in den Wald gehn«, sagte er.

»Wieso?«, fragte Kain erstaunt.

»Es sind Wölfe da ... und wir«, sagte der andere zögernd, »er ist unser Wald.«
»Du wirst lachen«, sagte Kain kaltblütig, »aber ich geh doch in den Wald. Willst du mir etwas verbieten?«
Der Sauzahn lachte nicht. Man sah ihm an, wie heftig er nachdachte.
»Was willst du im Wald?«, fragte er schließlich.
»Bleiben«, sagte Kain einfach.
Der andere schien mit einem Entschluss zu ringen. Endlich sagte er: »Willst du nicht mit uns gehen, bei uns bleiben? Du wirst ganz frei sein, natürlich kannst du tun, was du willst.« Kain sah in die glanzlosen, bleifarbigen Augen des Sauzahns, der es gewagt hatte, ihn schnell anzusehen, nur flüchtig zwar, jetzt schaute er wieder auf den Boden, und seine Männer standen dabei wie geprügelte Hunde und versuchten, möglichst unbefangen auszusehen, indem sie sich irgendwo kratzten. ›Wegelagerer, Vagabunden, Räuber‹, dachte Kain. ›Schön! Das sind die Leute, zu denen so einer wie ich noch am besten passt. Was soll ich schon anfangen; niemand wartet auf mich, was ich tu oder nicht tu, bekümmert keinen. Vielleicht hab ich so das Glück, und es erschlägt mich mal einer so nebenbei, so hinterrücks; mich selbst umzubringen hätte ich doch keinen Mut. Es langt mir mit einem, den ich um die Ecke gebracht hab, wie der Sauzahn sagt.‹ Er dachte an Abel, an seine letzten spöttischen Worte, an sein Lächeln. »Na ja«, sagte er und zuckte die Achseln, »warum schließlich nicht? Ich hab nichts zu verlieren.«

Sommer

›Wie eine verrückte Ziege sieht sie aus‹, dachte Kain und sah Jezabel zu, die das Essen herrichtete, ›wie die Ziege, die Abel Orpha mal geschenkt hat. Eine Weile steht sie ganz still und glotzt in den Wald, dann dreht sie sich plötzlich um und rast mit dem alten Eimer an den Bach, dann schmeißt sie den Eimer weg, weil sie was aufs Feuer tun will, dann belästigt sie irgendwen, dann hockt sie sich hin und untersucht ihren Fuß, in den sie einen Dorn getreten hat, dann lacht sie ohne Grund …‹
Jezabel nahm eben den Eimer, den sie vorhin weggeschmissen hatte, als sie es für dringlich erachtete, schnell was fürs Feuer zu tun. Kain sah ihr nach, wie sie mit schlenkernden Armen unter Eimerklappern und etwas misstönendem Gesang an die Quelle ging. Ihr himbeerfarbener, zerschlissener Rock schlug ihr um die Beine. Oben trug sie einen alten Männerkittel aus Leder, der ihr zu groß war und aus dem ihr dünner Hals verloren herausragte. Ihre Haare von verwaschenem Blond waren mit einem alten Seil aufgebunden.
›Alles, was sie tut, hat Ecken und Kanten‹, dachte Kain. An Orpha war alles rund und weich und lieblich. Er dachte wieder an die Ziege, die Abel Orpha geschenkt hatte und an den Spaß, den Orpha immer hatte, wenn die Ziege plötzlich mit allen Vieren gleichzeitig in die Luft sprang.
Das Feuer drohte auszugehn. Kain ergriff mechanisch ein Stück Holz, um es draufzulegen, aber da kam Jezabel gerast, setzte den Eimer auf den Boden, riss Kain das Holz aus der Hand und warf es selbst aufs Feuer. ›Sie ist eine Mischung aus Orphas Ziege

und dem Sauzahn, und außerdem erinnern ihre schrägen Augen an Orpha‹, dachte Kain und betrachtete Jezabels hervorstehende Zähne, ihre schmalen Augen und ihre lange Ziegennase.
Das Holz knackte, die Sonne brannte heiß auf die Lichtung, ein paar Hunde lagen in der Sonne und wärmten sich, mitten unter ihnen lag Jezabels Sohn und schlief oder balgte sich mit ihnen herum. Die Männer waren nicht da; Kain war daheimgeblieben, weil es ihn langweilte, wegen einem Sack Zwiebeln oder zwanzig Silbergroschen mit einem Bauern oder ängstlichen Handwerker, der so dumm war, durch den Wald zu kommen, Händel anzufangen.
Kain sah Jezabel ganz in Gedanken bei ihrer Beschäftigung zu, ohne sie eigentlich zu sehen; er versuchte, sich Orpha vorzustellen und doch auch wieder nicht, er dachte an Abel und wollte es nicht und hatte so mit seinen Gedanken ziemliche Mühe.
»Weißt du, was du jetzt gleich tun wirst?«, sagte Jezabel plötzlich dicht vor ihm. Sie sah ihn herausfordernd an und versuchte, seinen Blick aufzufangen. »Gleich wirst du anfangen zu seufzen und zu mir zu sagen: ›O Jezabel! Wenn du wüsstest, wie mir zumute ist‹ und ›Geh Jezabel, ich bin nicht wie die andern Männer‹ und wirst mich anbärmeln, doch nicht so grausam zu sein, und dich wie ein Idiot aufführen. Aber gib dir keine Mühe, ich bin doch grausam, weil es mir Spaß macht zu sehen, wie ihr es versteht, die Sanften zu spielen und die von Liebe Verzehrten, bis ihr erreicht habt, was ihr wollt; es macht mir Spaß zu beobachten, wie lang ihr euch an der Nase herumführen lasst, während ihr meint, ihr führt uns dran herum. Aber wozu sag ich dir das! Es ist ja schon zu spät. Auch du bist nur ein Mensch, Totschläger!«, sagte sie voll Genugtuung.

Das letzte Wort riss Kain aus seinen vagen Träumereien. Er sah sie an und sagte trocken: »Wie albern du bist …« Hinter ihnen lachte jemand laut und herzlich. Die Räuber waren zurückgekommen. »Na, der hat dir's aber gegeben, meine Schöne!«, rief der Schielende mit dem Pflaster überm Auge erheitert. »Hier bist du aber schwer daneben gelandet mit deinem Gewäsch!«
Jezabel stieß einen zornigen Laut aus und stürzte sich statt aller Antwort in eine fieberhafte Tätigkeit, warf Holz aufs Feuer, lief mit ihren langen gewalttätigen Schritten hier- und dorthin, hockte sich nieder, rührte wild in der Suppe, sprang auf, schrie die Hunde an, die sie ankläfften, und ohrfeigte ohne Grund ihren Sohn, der daraufhin mit den Füßen nach ihr trat. Sie erinnerte mehr denn je an Orphas Ziege, wenn sie so voll Zorn mit allen Vieren gleichzeitig hochsprang, alles, was ihr im Weg war, beiseitestieß und böse Blicke umherschoss als Erwiderung auf die unverschämten Bemerkungen der Räuber.
Kain hatte sich gleich den andern zum Essen an den Kessel gesetzt, hatte mit ihnen geredet und gelacht, aber seine Gedanken waren weit weg.
›Hier sitze ich nun unter diesen Schmierfinken, ein Wolf unter Wölfen‹, dachte er sich, ›und hinter mir sitzt die verrückte Ziege, und ich spüre, wie sie mich anschaut, ich, der ich eine Frau hatte wie Orpha, so schön und sanft und klug, und als Gefährten einen Bruder wie Abel, der so heiter war und stark. Wie glücklich könnte ich sein, wenn ich das nicht selbst zerstört hätte. Und damit ich nur recht merke, in welcher Gesellschaft ich mich befinde, muss ich immerzu an Orpha und Abel und an daheim denken. Aber die Zeit wird das schon verwischen, das Leben hier wird schon zu etwas gut sein. Wenn es überhaupt zu

irgendetwas gut ist, das heißt, wenn ich zu irgendetwas gut bin …‹
Er sah im Geist wieder das Gesicht des sterbenden Abel, er ließ die Hände sinken und starrte über die Köpfe der essenden Männer auf die sonnenüberglühte Lichtung.
»Hopp, Totschläger!«, rief Sauzahn und warf ihm ein fettes Stück Fleisch, das er eben aus dem Topf gefischt hatte, zu. Kain kehrte zur Wirklichkeit zurück; er fing den Brocken auf und machte sich darüber her.

Winter

Der Nordwind heulte hoch oben in den Baumkronen. Sauzahn trat von einem Fuß auf den anderen, er stand hier seit Ewigkeiten mit dem gespannten Bogen und wartete darauf, dass die andern ihm das Wild zutrieben; weiß der Teufel, was sie taten. Er hatte große Lust abzuhauen und das verfluchte Viehzeug schwimmen zu lassen, aber sie hatten schon eine Woche lang nur Reste gefressen, und Jezabel war unausstehlich, weil nichts zu essen da war.
›Herrgottnochmal, ist das eine verdammte Kälte! Natürlich, das blöde Frauenzimmer hockt am Feuer und hat schön warm und hält große Reden. Und ich und die andern alle können hier draußen in der Kälte herumziehen und sich abschinden. Aha, da hör ich ja die dämlichen Kerle schreien!‹
»He, Sauzahn!«, sagte der mit dem Pflaster hinter ihm.
Sauzahn erschrak, er hatte den andern nicht kom-

men gehört und war zusammengefahren, und das kränkte seine Ehre. »Geh an deinen Platz, Schieler, du Idiot, was schleichst du hier herum?«, zischte er wütend; es fiel ihm schwer, ordentliche Worte herauszubringen, weil ihm die Zähne so klapperten. Er sah Schieler böse an. Schieler war unbeeindruckt.
»Deine Tochter poussiert mit dem Neuen«, sagte er, als verkünde er ein schwerwiegendes Geheimnis.
»Na und? Sag mir bloß, dass du hier ankommst, um mir das zu sagen; unterdessen geht uns der Hirsch durch die Lappen«, rief Sauzahn giftig.
»Du hast sie mir versprochen«, murmelte der andere trübe und schielte mehr denn je auf seinem einen Auge.
»Genügt dir das vielleicht nicht?«, fragte Sauzahn und hauchte verbiestert auf seine kalten Finger. »Du wirst nicht glauben, dass ich imstande bin, sie zu zwingen, oder die Absicht hab, sie auch nur zu überreden. Das ist schon deine Sache. Du hast mich gefragt, ob du sie haben kannst; natürlich, von mir aus. Mir egal, mit wem sie schläft, warum sollst du nicht auch mal drankommen? Aber ich wäre ein schöner Vater, wenn ich meinem eigenen Fleisch und Blut Vorschriften machen wollte! Wenn sie mit dem Totschläger poussiert, das geht mich doch nichts an, und dir rate ich auch, halt dich raus. Du weißt ja, woher er seinen Namen hat!«
»Er kümmert sich einen Dreck um sie«, sagte der Schieler zornig. Man hörte die Rufe der Treiber näher kommen. Sauzahn zuckte die Achseln. »Umso schlimmer für dich«, sagte er, »wenn Weiber was wollen, hat unsereiner gar nichts mehr zu vermelden. Wenn du Mut hast, kannst du dich ja mit ihr herumkeilen; aber ich sag dir, es ist aussichtslos. Und auch der Totschläger kann sich wehren und sich

noch so wenig um sie kümmern, das hilft ihm nichts – sie kriegt, was sie will. Das wäre das erste Mal ... Schieler!! Der Hirsch!« Sauzahn nahm einen andern Pfeil und spannte den Bogen von neuem.

Jezabel

»Du«, flüsterte Sauzahns Tochter und rüttelte Kain leicht an der Schulter, »mich friert so. Lass mich zu dir!«
Kain rückte knurrend etwas zur Seite und ließ sie mit unter seinen zerschlissenen, wollenen Mantel kriechen.
»Möchte verdammt wissen, weshalb du zu mir kommst. Geh doch zu Schieler«, sagte er unfreundlich, »lieg aber ja ruhig, das rat ich dir!«
»Von Schieler komm ich ja grad«, sagte die verrückte Ziege und rückte dicht an Kain heran. »Der friert selber. Streck mal deinen Arm aus, nein, den andern, ich will meinen Kopf darauflegen.«
»Ansprüche!«, sagte Kain. »So, liegst du gut? Dann gib Ruh!«
Eine Zeitlang lagen sie so schweigend nebeneinander, Jezabels Kopf auf Kains Arm; er spürte ihre Haare an seinem Gesicht, sie rochen nach Rauch. »Liebst du den Schieler?«, fragte Kain plötzlich. Er wusste selber nicht, wie er auf die Idee kam, ausgerechnet Jezabel zu fragen. Jezabel stieß einen sonderbaren Laut aus. Kain war sich im Zweifel, ob sie lachte oder schluchzte. »Aber er glaubt es doch?«, fragte er weiter, um zu erfahren, ob sie nun tatsächlich weinte

oder nicht. Jezabel enthob ihn schnell dieser Sorge. »Ich wär ja ein schöner Jammerlappen von einem Frauenzimmer, wenn er es nicht glaubte. Er ist ja so blöd«, sagte sie trocken. »Ich liebe dich.«
»O«, sagte Kain in spöttischer Überraschung. »Das ist ja ein aufregendes Geständnis. Aber ich bin nicht Schieler.«
Jezabel warf sich auf den Rücken und zog die Knie an: »Das Leben ist zu kurz und zu läppisch, als dass ich mich damit aufhalten möchte, jemanden, den ich wirklich liebe, davon zu überzeugen, dass ich es tu, wenn er's schon nicht selber merkt. Schieler, na ja, das ist was anderes, das ist Geschäft. Aber ich liebe dich wirklich. Du bist der erste Mensch, der mir begegnet ist. Weißt du, was das ist – ein Mensch. Das andere hier – das sind alles Männer, aber du bist ein Mensch!«
»Sag das nochmal, dass ich kein Mann bin«, sagte Kain. Er lachte halb unbehaglich und halb amüsiert auf. Sonderbar, dachte er dabei; ich liege hier und lache, ich, der ich wahrhaftig keinen Grund zum Lachen habe. Er dachte an Abel, an ihre gemeinsame Kindheit, an ihre Fischzüge im Bach und an die Nächte, in denen sie in den Wäldern daheim auf das Wild gelauert hatten. Er versuchte, sich nochmal den toten Abel im Schilf vorzustellen, aber das war eine ganz blasse Erinnerung; auf einmal waren die anderen viel, viel stärker. Er lauschte auf den leisen Atem des Mädchens neben sich; vielleicht ist alles doch nur ein langer böser Traum gewesen, und gleich wird mich Orpha wecken.
»Sei doch nicht so albern!«, sagte da Jezabel, und Kain erkannte, dass es doch kein Traum gewesen war, dass er wirklich hier im Wald lag in einer rauchigen Höhle, und er wartete darauf, dass der

schmerzhafte, beklemmende Gedanke an Abel wiederkäme, der ihn eben schnell mal verlassen hatte, aber der kam nicht wieder. Es tat nicht mehr weh, an Abel zu denken.

»Du weißt genau, wie ich das meine«, fuhr Jezabel fort, »du gehörst nicht zu uns, zu diesen Schuften hier. Für dich gibt es etwas Besseres zu tun, als sommers im Schatten zu liegen und Grashalme zu kauen und winters mit dem Hundeschlitten zu fahren. Das ist eine Beschäftigung für Leute, die zu weiter nichts taugen. Eines Tages wirst du's selbst merken und wirst wieder dein eigenes Leben leben, nicht das anderer Leute, wie eben jetzt. Siehst du nicht, dass das nichts ist, hier bei uns?«

»Ich kann mir denken«, sagte sie nach einer Weile, als Kain schwieg, »dass es dir ziemlich gleich ist, was ich dir sage. Und wenn ich dir erzähle, dass ich dich liebe, auch damit kannst du nichts anfangen. Ich hätte mir sehr gewünscht, dass du – nun, dass es dir nicht gleichgültig gewesen wäre; aber vielleicht hätte ich dich dann nicht mehr geliebt. Du bist ein Mensch; du sprichst eine andere Sprache als ich, vielleicht verstehst du mich gar nicht. Ich kann mich auch nicht so gut ausdrücken. Hörst du überhaupt zu?«

»Doch, ich hör zu«, sagte Kain benommen und vorsichtig, aus Angst, das sonderbare Gefühl von Freude, das er nie gekannt hatte, zu zerstören, das ihn so plötzlich befallen hatte und das ihn berauschte.

Jezabel seufzte leicht: »Ich bin eine Idiotin. Ich schneide mich ins eigne Fleisch. Eines Morgens wirst du nicht mehr da sein, wirst wieder unter den Leuten sein, zu denen du eigentlich gehörst, bei der Frau, die du liebst, und ich bin wieder allein – na, wenn schon.«

Kain schwieg. Er versuchte, mit diesem merkwürdigen Rausch fertigzuwerden, in den ihn Jezabels Worte versetzt hatten. Nicht weil sie ihn liebte, weil er ihr gefiel, weil es jemanden gab, für den er so etwas wie einen Trost oder so bedeutete, sondern weil er auf einmal bemerkt hatte, dass das Leben noch nicht zu Ende war, dass man nicht darauf zu warten braucht, dass einer einen mal aus Barmherzigkeit oder Versehen erschlägt, wie er gemeint hatte. Er begriff, dass eine so schwere Schuld nicht dadurch gesühnt werden konnte, dass er sein Leben selber auch noch zerstörte, indem er hier in den Tag hineinlebte, ohne sich die Mühe zu machen, etwas zu denken. Er dachte an seine Mutter, an ihre Worte: »Willst du mir das Kind auch noch ermorden?« Wie hatte er so entsetzlich beschränkt und roh sein können, Orpha wegzuschicken, anstatt ihr zu helfen, ihr die Angst vor ihm zu nehmen, mit ihr gemeinsam irgendwo eine Hütte zu bauen, auf den Feldern zu arbeiten; o Orpha! Er hatte drei Leben statt einem zerstört. Ach, dass es noch nicht zu spät wäre, um Orpha wiederzufinden und sich selbst.

»Du, Totschläger!«, sagte Jezabel in diesem Moment.

›Warum nennt sie mich Totschläger‹, dachte Kain einen Augenblick erstaunt, ›wie kommt sie darauf? Ach so, Abel. Natürlich, sie hat ja recht.‹

»Hm?«, knurrte er betroffen.

»Warum hast du deinen Bruder erschlagen?«, fragte Jezabel vorsichtig.

»Er war stärker als ich«, murmelte Kain, nicht ganz wahrheitsgemäß. Aber wie hätte er auch die Wahrheit sagen können, er wusste ja selbst nicht mehr, weshalb er das Messer gezogen hatte, damals; Eifersucht konnte es doch nicht gewesen sein, das ist ja läppisch.

»Wie stark wärt ihr zusammen gewesen!«, sagte Jezabel«. Sie stand auf.
»Was ist los?«, fragte Kain, noch betäubt von ihrer letzten Bemerkung, die so richtig war. Weshalb war er selber nie darauf gekommen, damals, vorher, dass es nicht darauf ankommt, wer der Stärkere ist, dass das reine Kinderei ist. Tausend Gedanken wurden auf einmal wach in ihm. Jezabels Worte hatten ihn aus der stumpfen Starre gerissen, in der er sich befunden hatte, in der alle Gedanken immer nur um Abel gekreist waren, um den Toten im Schilf. »Ich helf dir anspannen«, sagte Jezabel und ging schon zum Eingang. Sie schob die rohrgeflochtene Tür beiseite. Die Nacht war eisig und klar. Kain folgte ihr, etwas taumelnd, mit heißem Kopf. Sie suchte sachlich und ohne Hast den besten Schlitten heraus, warf einen Sack Fleisch darauf, zerrte die Hunde aus dem kleinen Zwinger und befestigte die Leinen schnell und geschickt. Kain half ihr ebenso schweigend, wenn er auch vor Benommenheit nicht ganz so klar und schnell zu Rande kam. Die Hunde winselten und zerrten an den Strängen.
»Wart mal«, sagte Jezabel, gab Kain die Leinen zu halten und verschwand in der Höhle. Nach einiger Zeit hörte er den Schnee wieder unter ihren schweren Männerstiefeln knirschen; sie hatte ein in Lumpen gewickeltes Paket in der Hand und warf es auf den Schlitten. Dann stand sie unschlüssig vor Kain, schweigend. Die Hunde winselten. Kain schlug mit der langen Peitsche leicht in den Schnee.
»Da ist was zu essen drin«, sagte sie, »für dich. Hundefutter ist auf dem Schlitten. Sieh zu, dass du den Waldrand erreichst, ehe der Schnee weggeht; es kann nicht mehr lang dauern. Die Richtung ist, glaub ich, die, aus der du gekommen bist.« Sie wies mit der

Hand in irgendeine Gegend. Kain beachtete es nicht. Er sah sie an, als sähe er sie zum ersten Mal; er wusste nicht, was er sagen sollte. Er hätte ihr gern irgendwie gedankt, aber ihm fiel nichts ein. »Geh rein, du erkältest dich sonst«, sagte er schließlich besorgt. Jezabel lachte befreit: »Pass nur gut auf mich auf, Totschläger«, sagte sie heiter. »Also mach's gut, sei bloß froh, dass du wenigstens anständig Schlittenfahren gelernt hast bei uns. Das ist doch brauchbar. Streng dich nicht an; dir fällt doch nichts mehr ein!«
Sie streckte Kain die Hand hin. Kain wickelte die Leinen um den Arm, nahm ihre Hand in seine beiden und streichelte sie. Er sah in ihre schmalen Augen, küsste sie schnell und eigentlich für ihn selbst überraschend auf die Wange; in dem Moment rissen die Hunde ihn zurück, er stieg auf die Schlittenkufen, ließ die Peitsche über das Gespann sausen und lockerte die Leinen. Mit einem Ruck sauste der Schlitten davon.
Jezabel lehnte noch eine Weile an einem Baum und sah ihm nach, wie er zwischen den Bäumen geschickt hindurchlenkte. Die Hunde winselten unablässig, die Peitsche pfiff über sie hinweg, und Kain stieß kleine aufmunternde Schreie aus. Schnell verlor sich sein Schatten im Dunkel des Waldes, das Rufen und Winseln wurde schwächer, Jezabel fühlte, dass sie fror. Einen Moment dachte sie daran, hier draußen zu bleiben und zu erfrieren oder wenigstens zu weinen. Aber sie verjagte diese sentimentale Regung schnell und ohne großes Bedauern, knöpfte ihre Jacke fester zu, ging wieder in die Höhle und zog die geflochtene Tür sorgfältig wieder vor den Eingang.

Das Land Nod

Obwohl er in großer Eile gefahren war, erreichte Kain den Waldrand nicht vor der Schneeschmelze. Er fuhr Tag und Nacht; zwei Tage lang zogen die Hunde noch winselnd und japsend den Schlitten durch den schlammigen Schnee, Kain musste nebenherlaufen, er zog soundso oft selber mit, wenn es gar nicht mehr ging. Eines Morgens erkannte er die Unmöglichkeit, den Schlitten weiter fortzubringen. Er lud ihn ab, spannte die Hunde los und schickte sie heim. Sie liefen eine Strecke weit, sahen sich nach ihm um, ob er nicht mitkäme, und kamen wieder zu ihm zurück.

»Los, los!«, sagte Kain, »ihr könnt gehn. Haut ab, geht nach Haus, grüßt den Sauzahn und das Mädchen. Na los, haut schon ab!«

Er lehnte den Schlitten aufrecht an einen Baum, band sich die ledernen Leinen um den Bauch und ergriff ein Bündel. Die acht Hunde standen erwartungsvoll um ihn herum. »Ach so«, sagte Kain, »es ist ja Fresszeit. Essen wir also nochmal miteinander!« Er leerte den Sack mit Hundefutter aus, warf jedem Hund noch einen Batzen Fleisch zu und brach sich selbst ein Stück von dem Brot ab, das ihm Jezabel gegeben hatte. Er lehnte sich gegen den Schlitten und betrachtete eine Weile voll Genuss, wie die Hunde sich ernährten. Dann nahm er sein Bündel von neuem auf. »Also, wie gesagt«, sagte er, »grüßt mir eure Leute. Ihr seid tapfer gelaufen!«

Damit verließ er die schmatzenden Tiere und ging mit langen, leisen Schritten, die er hier im Wald gelernt hatte, in der Richtung weiter, die ihm Jezabel gesagt hatte.

Aber die Hunde hatten nicht die Absicht, ihn zu verlassen. Er stellte ihnen vergeblich vor, dass er nichts mehr zu fressen für sie hätte. Er jagte sie weg, er schlug sie sogar, sie folgten ihm wie Schatten in einiger Entfernung, und er warf ihnen am Ende des zweiten Tages den Rest seines Mundvorrats hin. Am dritten Abend erreichten sie den Rand des Waldes.

Kain schaute geblendet über die weite Ebene, die sich da ausbreitete, die von vereinzelten Feldern bedeckt war und über der die abendliche Ruhe lag. So sehen Felder aus, dachte er, und Obstbäume. Er ging zu dem Acker hin, der ihm am nächsten lag. Eine Menge Steine hat's hier, dachte er, aber die Erde ist nicht so schlecht. Da haben sie eine Hacke liegen lassen. Das Dorf muss in der Nähe sein. Mechanisch bückte er sich und begann, die Steine aufzulesen. Die Hunde lagen am Waldrand und betrachteten ernst und aufmerksam, wie er die Steine in seinen Mantel sammelte und ab und zu zu einem Haufen am Weg trug. Er war so vertieft in seine Arbeit; es war, als sei er eben zu diesem Zweck hierhergekommen, und als wäre es die allerdringlichste Sache auf der Welt, hier die Steine aus dem Acker zu lesen. Er spürte keinen Hunger mehr, er dachte nicht daran, dass ihn doch dieser Acker samt seinen Steinen nichts anging.

Erst als die Hunde in ein wildes Gebell ausbrachen, erinnerte er sich ihrer wieder, er sah auf, denn das Bellen wollte nicht aufhören. Auf dem Weg am Waldrand stand ein ganz kleines Kind. Es trug ein langes rotes Röckchen, seine dunklen Haare waren rings um den Kopf grade abgeschnitten. Kain ließ die Steine fallen und lief zu dem Kind hin. Dabei merkte er, dass ihm von der lange nicht mehr gewohnten Arbeit das Kreuz erbärmlich wehtat. Er pfiff den Hunden, die sich an das Kind herangeschlichen hatten, und hockte sich vor dem Kind nieder. Das Kind betrachtete ihn und die Hunde aufmerksam und ohne Furcht. Es hob seine kleine Hand und legte sie auf Kains Knie. Kain nahm die kleine Pfote; sie war schwärzlich vom Dreck, wie das in seiner Kindheit bei ihm und Abel auch immer so gewesen war. Kain erinnerte sich plötzlich und lächelte. Das Kind sah gespannt auf seine Zähne; es streckte den kleinen Zeigefinger aus und fuhr damit zaghaft auf Kains Zähnen hin und her. Die Hunde drängten sich um die beiden, beschnüffelten das Kind. »Darfst du denn hier so allein spazieren gehen, mein Freund?«, sagte Kain leise, um das Kind nicht zu erschrecken. »Komm, wir gehen mal schön wieder heim, was soll denn deine Mama sagen?«

Er stand auf, scheuchte die Hunde weg und nahm das Kind an der Hand. Aber das Kind wollte nicht mit ihm gehen; es machte seine Hand los und lief auf den Acker. Nach einigen Metern blieb es stehen und drehte sich nach Kain um, lief wieder ein paar Schritte, blieb wieder stehen. Und sah Kain aus seinen schmalen, schrägen Augen listig an.

»Na wart«, sagte Kain, »du willst deinen Spaß mit mir haben?« Er lief hinter dem Kind her auf den Acker. Das Kind quietschte vor Vergnügen, als Kain es schließlich eingeholt hatte und auf den Arm nahm. »Jetzt hab ich dich, alter Knabe«, sagte er leise, »lässt mich alten Mann hier auf dem Feld herumlaufen!«

Er sah das Kind an, das lachte und dabei den Kopf zurückwarf. Unter Kains aufmerksamem Blick wurde es einen Moment ernst, aber nicht lange; dann lachte es wieder und verbarg sein Gesicht an Kains Schulter. Kain war so mit dem Kind beschäftigt, und deshalb sah er Orpha erst, als sie vor ihm stand und er sie beinah über den Haufen rannte.

»Kain«, sagte Orpha nur, und Kain verstand; das hieß: endlich bist du gekommen, auf dich hab ich so gewartet, ich hab dich keine Minute vergessen.
»Orpha«, sagte Kain. Er legte vorsichtig die Hand um ihre Schulter, als fürchtete er, es sei ein Trugbild und könne plötzlich verschwinden. Aber das war wirklich Orpha, und Kain wusste nichts zu sagen; er stammelte nur immer wieder »Orpha, Orpha«, und schaute sie an, die er nie vergessen hatte und die doch so viel schöner war, als er sich's je hätte träumen lassen.
Das Kind hob den Kopf und warf sich hinüber zu Orpha. »Das ist Henoch«, sagte Orpha und nahm Kain das Kind ab, »unser Kind«, fügte sie hinzu, als Kain schwieg und zwischen ihr und dem Kind hin und her sah. Die Hunde schlichen wieder heran und beschnüffelten Orpha. »Ich kam, um die Hacke zu holen«, sagte sie nach einer Weile verzagt. Kain stöhnte. Er war so bedrängt von all diesem Neuen und Schönen. Er hätte so gerne Orpha gesagt, wie glücklich er war; aber er wusste keinen Anfang. Und da er fürchtete, sie zu kränken, wenn er noch länger schwieg, sagte er: »Gute Erde haben wir hier. Morgen fang ich an zu pflügen; wo kann man hier eine Kuh leihen?« – Orpha lächelte glücklich; sie verstand, dass das soviel hieß wie: ich liebe dich, ich bete unser Kind an, und, ach Orpha, wenn du wüsstest, wie glücklich ich bin, dass ich dich wiedergefunden hab. O Orpha, wie hab ich mich nach dir gesehnt!
»Aber wo denkst du hin«, sagte sie und errötete vor Stolz, »wir haben doch selber zwei Kühe.«

[Meinem Bruder Ursus zum 11. März 1947 gewidmet]

Jonas

Er aber tut alles fein zu seiner Zeit,
und lässt ihr Herz sich ängsten,
wie es gehen solle in der Welt.
Denn der Mensch kann doch nicht treffen das Werk,
das Gott tut, weder Anfang noch Ende.
Darum merkt ich, dass nichts Besseres drinnen ist,
denn fröhlich sein und sich gütlich tun in seinem Leben.
Denn ein jeglicher Mensch, der da isst und trinkt,
und hat guten Mut in aller seiner Arbeit,
das ist eine Gabe Gottes.

Prediger Salomo 3, 1–13

Gath-Hepher

Der General

»Ja, zum Teufel nochmal!«, rief Ismael und hörte auf, mit dem Stuhl zu kippeln, eine Unart, die er seit seiner frühesten Jugend meisterhaft beherrschte. »Ja, zum Teufel nochmal! Warum drehst du nicht einfach bei und haust dem alten Schleicher eins aufs Maul? Oder warum rufst du nicht die Wache? Das ist doch zu blöd!«

»Tatsächlich!«, stimmte seine Mutter zu und legte das Messer mit einem entschiedenen Geräusch auf den Tisch, »ich verstehe dich nicht, Jonas! Sag ihm doch, er wär dir lästig. Wenn er ein anständiger Mensch ist, wird er ...«

»Ach, woher denn«, Ismael war anderer Meinung, »anständiger Mensch, du hast aber Begriffe! In unserem aufgeklärten Zeitalter kommt nun so was noch vor! Wenn Jerobeam, das liebe Großväterchen, das wüsste, dass in Gath-Hepher nicht mal mehr ein junger Mann, noch dazu sein leiblicher Enkel, über die Straße gehen kann, ohne von grässlichen alten Kerls angeflötet zu werden – ich glaube, er legte sein Amt nieder und würde Eremit vor Gram. Führ doch den alten Unglücksraben mal am Königlichen Platz vorbei, wenn ich Dienst hab! Ich werd ihm schon den Hut eintreiben!« Er schaukelte kriegerisch.

»Lass das, du machst mich nervös! Ich werde natürlich Vater das mitteilen, wenn ich morgen in den Palast komme!«, sagte seine Mutter würdevoll. Jonas schüttelte den Kopf.

»Ihr versteht mich nicht«, sagte er gequält, »ihr versteht mich nicht. Nein, das, das geht nicht – so ... er

ist so sanft ... er ist nicht aufdringlich oder lästig. Man bemerkt auch kaum, dass er einem folgt. Er ist nur immer da – wie ein Schatten. Nur, dass er eben redet. Ich glaube ...« Er schwieg hilflos und zuckte die Achseln.
»Das kommt von deiner blödsinnigen Lebensweise!«, rief Ismael triumphierend. »Das hab ich ja immer gewusst. Komm lieber zu uns, wir sind das feinste Regiment im Heer und irrsinnig beliebt. Dann stehst du zu einer vernünftigen normalen Zeit auf, nimmst morgens ein kaltes Bad und rennst hundert Meter, um rechtzeitig zum Dienst zu kommen, und gehst zu einer zivilen Zeit schlafen. Außer, wenn du Dienst hast, natürlich!«
»Na ja«, sagte Jonas, »aber was tut man dazwischen? Das ist doch kein Leben. Wieso vernünftig und normal?«
»Mir genügt's«, erklärte Ismael gelassen, »ich verdien genug Geld, um mich ausreichend zu amüsieren, und hab eigentlich nichts zu tun. Immerhin kannst du versichert sein – mir laufen keine alten Schmierpilze nach!«
»Ich werd schon mit ihm fertig werden ...« Jonas zerkrümelte ein Stück Brot, »Hauptsache, ich werd mit mir selber fertig.
Warum sollte ich nicht nach Ninive reisen?«
»Na, aber hör mal!« Ismael regte sich auf und schaukelte wildbewegt. »Du wirst doch nicht etwa auch noch tun, was der alte Kerl sagt? Da könnte mir lang einer erzählen, ich müsste nach – wie heißt das blöde Ding? –, na ja, nach Dingsda fahren, das dauerte *ewig*, bis *ich* dahin führe!«
»Und *warum* sollte er nicht nach Ninive fahren?«, sagte der General Amitthaj, der damit zum ersten Mal beim Abendessen den Mund auftat. »Schließlich

ist das eine Reise wie jede andere, und Reisen schadet nie. Zwar kann ich in der Idee, dass ausgerechnet du dich dort als Prophet etablieren willst, absolut nichts Anziehendes finden. Aber schließlich, wenn du dich blamierst, ist das erstens deine Sache und immerhin weit weg genug. Es liegt bei Mosul, in den Kurdischen Bergen. Und du hast ja hier nichts zu tun und versäumst nichts. Und vielleicht fällt dir bei der Gelegenheit tatsächlich ein, was du werden willst!«
»Amitthaj!«, sagte seine Frau, »du bist wahnsinnig! Du willst doch das Kind nicht allein reisen lassen?«
»Kind?«, Ismael grinste, »mit achtzehn Jahren, so ein Witz! Was mich nur so bass erstaunt: Sag mal, du willst doch nicht tatsächlich dort zum Volk reden? Jonas, liebes Kind, du wirst dich lächerlich machen! Und in wessen Auftrag? Gottes, sagst du? Ich weiß nicht – ich kann mich ja irren –, aber ich glaub – das wird nicht ziehen!«
»Buße! Nein, weißt du! Was geht dich andrer Leute Lebenswandel an? Sie werden dich zumindest verprügeln!«, sagte Jonas' Mutter indigniert.
Der General schob seinen Teller zurück.
»Ich hab nie großen Gebrauch von Gott gemacht – ich weiß nicht ... natürlich, vor und nach der Schlacht betet man und das ist auch gut so und außerdem Vorschrift und wirkt oft besonders auf junge Rekruten, irgendwie beruhigend. Aber sonst – ich versuche, ein einigermaßen anständiger Mensch zu sein – obwohl dich ja dieser Begriff zum Lachen reizt, Ismael und verantworte alles, was ich tue. Jedoch in diesem Fall vielleicht ist es tatsächlich ein Bote vom Himmel ... Es gibt solche Sachen. Ich erinnere mich, in der Schlacht um Gath-Hepher ...«
»Wo ihr Keile kriegtet!«, sagte Ismael schnell, um die Geschichte nicht nochmal zu hören.

»Richtig, wo wir anfangs Keile kriegten ...«, der General sah auf seinen Teller. Vor seinem geistigen Auge stand die Schlacht um Gath-Hepher. Die verzweifelten Ausfälle der Verteidiger, der Hunger, die Pest, die Übermacht des Feindes; und er dachte an die Nacht, in der ihn ein Unbekannter weckte, den er weder vor- noch nachher je gesehn hatte, und ihm zurief: »Steh auf und gewinne die Schlacht mit Gott!«
Und sie hatten einen überraschenden Ausfall bei Nacht unternommen und den bestürzten, völlig unvorbereiteten Feind geschlagen.
Aus der Stadt tönte ein Trompetensignal. Ismael sprang auf, stülpte den Helm auf, klemmte das Schwert unter den Arm und stürzte hinaus.
Der General hob jäh den Kopf. »*Ich* meine, du sollst fahren ... murmelte er, »schließlich, wenn es ein Bote Gottes ist ...

Der Diener Gottes

Jonas zögerte etwas auf der Schwelle. ›Wenn ich den hinteren Eingang benützte‹, dachte er, ›bliebe ich vielleicht ungesehen. Aber dann sehen mich die Dienstboten, und morgen beim Frühstück ... Lieber nicht ...‹
Er stieg die Stufen hinab mit dem nachlässigen Schritt eines Knaben, der immer müde ist und dem das Gehen ein Gräuel. Er ließ sich von der Menge, die die abendlichen Straßen Gath-Hephers belebte, treiben.
›Sie können mir auch nicht helfen‹, dachte er an seine Familie, ›aber Ismael hat recht, ich bin kein Kind mehr, ich müsste selber wissen, was ich will. Wer

weiß, ob ich Ninive je erreiche ... *Warum* soll ich nicht nach Ninive fahren?‹

Neben dem großen Bazar standen zwei alte Männer, Kaufleute, und unterhielten sich. »... kein Prophet ist beliebt in seinem Vaterlande ...«, sagte der eine eben salbungsvoll, als Jonas vorbeikam.

›Aber in Ninive, was?‹, dachte Jonas erbittert. ›Es wird nicht lange dauern, dann kommt der Kerl wieder hinter mir her. Und heut Abend hab ich absolut keine Verwendung für ihn!‹ In diesem Moment berührte etwas leicht seine Schulter. Jonas wandte sich schon gar nicht um. ›Teufel auch!‹, dachte er erbost, ›Teufel auch!‹

»Jonas, Sohn des Amitthaj«, sagte der ärmlich gekleidete Mann, »Jonas, vergiss nicht Ninive, das von seinen Sünden erlöst werden soll. Jonas, der HERR schickt dich nach Ninive!«

»Du hast mir grad gefehlt!«, sagte Jonas ergrimmt. »Was schert mich Ninive? Noch einmal sage ich dir: Ich habe nichts mit dir zu schaffen!«

»Aber ich mit dir!«, erwiderte der andere unbeirrt. »Hörst du nicht, was dir der HERR befiehlt? Gehe und erfülle den Willen des HERRN!«

»Lass mich zufrieden. In Ninive kennt mich kein Mensch. Niemand trägt Verlangen nach mir oder nach Buße oder sonst was. Wer bist du denn, dass du dich so lästig machst?«

»Ich bin ein Diener Gottes, ein geringer Mensch«, sagte der andere schlicht, »ich bitte dich, geh nach Ninive!«

Sie waren weitergegangen und näherten sich der alten Brücke. Die Gegend wurde ärmlich, die steinernen Häuser hatten aufgehört, Hütten standen windschief und halb zerfallen am Fluss entlang, der träge ein gelbes, schlammiges Wasser dahinwälzte.

»Du sagst, wenn ich vierzig Tage dort bin, geht Ninive unter«, sagte Jonas hoffnungslos, »es scheint mir also in jedem Fall besser, ich bleibe hier. Oder meinst du, man wird mir für die unheilvollen Folgen meiner Anwesenheit dort großen Dank wissen?«
Der Mann betrachtete nachdenklich zwei große Ratten, die in der Dämmerung riesige Formen annahmen und sich auf einem der Schutthaufen bewegten.
»Lass mich mit dir gehen – jetzt!«, sagte er plötzlich.
»*Das* fehlte grade noch!«, rief Jonas empört. »Du glaubst, ich geh stehenden Fußes nach Ninive?«
Der andere senkte den Kopf. Jonas bereute seine Heftigkeit. »Na gut, komm mit. Aber du wirst dich wundern!«
»Was tust du hier, bei diesen armen Leuten?«, fragte der Mann.
Jonas grinste.
»Hebung der Sittlichkeit bei den niederen Klassen. Ich geh meine Freundin besuchen.«
Der Diener Gottes zögerte. »Nein, nein«, sagte Jonas energisch, »jetzt kommst du mit. Ich möchte gern, dass du dich *selbst* davon überzeugst, dass es eine blödsinnige Idee ist, ausgerechnet *mich* dazu zu verwenden, andere zur Buße anzutreiben!« Mit diesen Worten stieg er die Stufen einer Hütte hinauf und klopfte an. Als er die Tür öffnete, wandte er sich nach seinem Begleiter um. Der Diener Gottes war verschwunden. Jonas zuckte die Achseln und trat ein.

Der Krieger und der Prophet

Ismael ging auf dem Königlichen Platz auf und ab. Siebzig Schritte hin, siebzig Schritte nach Ost, siebzig

Schritte nach Süd, siebzig Schritte nach West, siebzig Schritte zum Tor. Die Feuer in den Pechpfannen stanken und brannten kümmerlich.
»Geht nichts über einen sparsamen Herrscher«, dachte Ismael. Er hatte den Helm bequem ins Genick geschoben und schlurfte gelangweilt. Beim Klang von Schritten gab er seinem Helm im Hinterkopf einen leichten Schlag und hakte pro forma die Kinnkette ein.
Jonas trat in den unstet flackernden Lichtschein der Pechpfannen. Ismael blieb stehen und breitete emphatisch die Arme aus.
»Und du, Jonas, bist nicht der Geringste unter meinen Knechten. Denn dich hab ich auserwählt zu meinem Sendboten und Propheten. Auf dass du eilest gen Ninive bei Mosul in den kurdischen Bergen … Na, alter Bußprediger!« Er drückte Jonas gerührt und gewaltig an sein hirschledernes Hemd.
»Hör mal«, sagte Jonas, als er wieder Luft kriegte, »wo kann man sich hier setzen? Ich muss mit dir reden!«
»Dienstvorschrift, erster Teil, Absatz 5: Das Niedersitzen im Dienst ist verboten. (Es gibt Ausnahmen, die das Niedersetzen im Dienst gestatten.)«
Er setzte sich auf den Sockel der Palastmauer. »Hast du mal wieder durch liebevolles Walten die Leiden der Armen und Bedrückten gelindert?«
Jonas grinste. »In Zukunft darfst du das in deinen dienstfreien Stunden statt meiner tun. Ich muss in Geschäften wegreisen. Deshalb bin ich da. Ich brauch ein Pferd!«
Er sah Ismael in vertrauensvoller Erwartung an.
»Hoffentlich nicht sofort«, sagte Ismael, »wenn du's morgen früh hast, ist das bald genug. Bedenke, bis du dich von all deinen Lieben verabschiedet, die mütter-

lichen Ermahnungen, die väterlichen Segenswünsche, das Heilgeschrei der Dienstboten und niederen Palastorgane und den Pass deines königlichen Großvaters hast, vergehen noch Tage. Ich an deiner Stelle hätte gestern mit Verabschieden angefangen, wenn du morgen verreisen willst!«

»In einer Viertelstunde möchte ich reisen«, sagte Jonas, »geh, hol ein Pferd!«

»Na, weißt du!«, sagte Ismael gekränkt, »das ist ein heller Aberwitz! Du hast wohl die Predigt schon präpariert, was, und brennst darauf, dich in Ninive aufs Podium zu stellen? Ich soll jetzt mitten in der Nacht losrennen und ein Pferd auftreiben? Ich bin außerdem auf Wache. Man wird mich einsperren!«

»Wenn du nicht gehst«, sagte Jonas nachlässig, »muss ich selbst gehen. Ich bin nicht sehr geschickt in solchen Dingen, und ich glaube, weder du noch Vater, noch Jerobeam werden heftige Freude empfinden, wenn ich in den königlichen Stallungen als Pferdedieb arretiert werde. Bei einem Soldaten kommt's schon nicht drauf an, nun geh schon!«

»Um nach Nini… «

»Um nach Japho zu reisen!«, sagte Jonas streng, »hopphopp, mach schnell!«

Ismael entfernte sich eilenden Schrittes in Richtung der Ställe … »Lebe wohl, mein Kleiner«, sagte Jonas vom Pferd herab. Er umarmte und küsste seinen Bruder, wandte das Pferd und galoppierte durch die leeren hallenden Straßen davon. Ismael zog die Augenbrauen einen Moment bekümmert hoch, stieß mit einem abgrundtiefen Seufzer seinen Helm wieder ins Genick und setzte seine Wanderung über den Königlichen Platz fort.

Japho

Reisen bei Nacht

Außerhalb der Stadt, jenseits des Flusses, ließ Jonas das Pferd in Schritt fallen. Seine Gedanken waren bei denen, die er zurückließ, seiner Familie und Esther, seiner Freundin. ›Sie haust in der unbeschreiblichsten Bruchbude, die ich kenne‹, dachte er. ›Und dabei scheint sie's nicht mal zu merken. Dieser Krach, diese Hitze; dieser Gestank in der Hütte von den Bewohnern und außerhalb von den Abfallhaufen und Abwässern! Und in diesem Dreck, diesem Verfall, in Versoffenheit und sämtlichen Lastern wächst wie eine Blume ein sanftes und schönes Mädchen, so zärtlich und so dumm und so schwach, wie nur ein verliebtes Mädchen sein kann …‹
Im Geist sah er die Hütte vor sich, den rauchenden Herd, den wackligen Tisch, auf dem immer gleichzeitig irgendwelche gräulichen Nahrungsmittel und ebenso gräuliche Kleidungsstücke lagen. Das ewig volle Waschfass; der Verschlag, in dem die Ziege hinkümmerte; die Bank, auf der sich Unmengen von Kindern herumwälzten; der Vogelkäfig überm Fensterbrett; der Stolz der Familie, ein schlechter Spiegel aus Metall, der einen Rahmen von grünem Samt hatte, hinter dem bemalte Fächer, Haarnadeln und getrocknete Blumen steckten; und die Fliegen überall; und die Kakerlaken unterm Herd; und der bösartige Vater; die weinerliche Mutter; die flackernde und rauchende Öllampe und der ewige Geruch von ranzigem Fett und zu vielen Menschen. Gegen Mitternacht pflegte der Vater, der ein wuchtiger Mann war, mit einem Schädel wie aus Holz gehauen, ›auf sein Ge-

werbe zu gehen‹, wie die Familie sagte. Er war Schmuggler und Hehler von Beruf. Und Jonas und Esther konnten unter der Türe sitzen und einander bei den Händen halten, von sanften und traurigen Gedanken bewegt. Wenn sie gegen Morgen den schleichenden Schritt des alten Mannes hörten, verschwand Jonas schnell durch eine der engen Gassen, und Esther stürzte ins Haus ...

Jonas ermunterte sein Pferd wieder.

Ein einziges Mal war er bei Tag da gewesen. Ein schrecklicher Tag, und Jonas dachte mit Schaudern daran zurück. Die glühende Mittagshitze, die von außen auf die Hütte drückte, die weinerlichen und händelsüchtigen Kinder, die die Mutter anschrie und prügelte; das schrille Gezwitscher des Vogels am Fenster, das drohende Schnarchen des Schmugglers – all dies hatte das Zimmer zu einer wahren Hölle gemacht. Jonas fing an zu schwitzen, wenn er an die Myriaden von Fliegen und das unerfreuliche Treiben der Kakerlaken unter dem Waschfass dachte.

›Als ob sie wüsste, dass ich wegfahre‹, dachte Jonas, ›so war sie heut Nacht. Sie war so süß, als sie mir die Locke schenkte – damit ich sie nicht vergäße, sagte sie –, als ob ich dich je vergessen könnte, Esther, Liebste! Warum warst du so traurig heut Abend, und warum nahmst du Abschied von mir, als sähst du mich nie wieder?! Manchmal ist es geradezu beleidigend, wie wenig Vertrauen Mädchen haben. Als ob es für mich neben Esther noch Mädchen gäbe! Es gibt *nur* Esther!‹

»Esther, Esther, liebe Esther!«, sagte er laut und eindringlich vor sich hin, als lerne er eine fremde Sprache. Unter solchen und ähnlichen erbaulichen Gedanken und Reden erreichte er im Morgengrauen die Ufer des Sorek.

Reisen am Tag

»He! Alte Zicke! Sieh zu, dass du dich nicht verlierst!« Jonas erwachte und richtete sich auf. Die Sonne stand schon hoch, der Sorek rauschte munter, und Jonas hatte ein steifes Kreuz vom Nachttau. Die Worte vorhin galten nicht ihm, sondem einem dunklen Pferd, das in der Nähe des seinigen frei herumlief und graste. »Hallo! Ausgeschlafen?«, sagte der Mann neben Jonas, ohne sich umzuwenden. Es schien ein Soldat zu sein, denn er trug das übliche hirschlederne Hemd, den kurzen Rock aus Tuch und bis an die Knie geschnürte Sandalen. Seine schwarzen Locken glänzten in der Sonne; er grub emsig in seinen Satteltaschen.

»Woher weißt du, dass ich aufgewacht bin?«, fragte Jonas zurück. Der Soldat lachte. »Merk ich eben!« Er wandte sich um, warf Brot, Käse und eine strohumflochtene Flasche ins Gras. Er schien nicht viel älter als Jonas.

»Komm, iss – übrigens ziemlich leichtsinnig von dir, hier am Ufer einfach so einzupennen, das Pferd fünfzig Meter weit weg an einen Baum gebunden! Weißt du nicht, dass die Gegend von Räubern wimmelt?«

»Das Pferd gehört ohnehin nicht mir«, sagte Jonas nachlässig. Der andere zog einen getrockneten Fisch aus der Satteltasche.

»Hier!« Die rüsten einen aus wie einen regierenden Fürsten. Wohin reist du?«

»Japho«, sagte Jonas mit vollem Mund.

»Wir können bis Lod zusammen reisen, willst du? Ich soll nach Arimathia. Und mir hängt der Weg allmählich zum Hals heraus.«

Sie aßen eine Weile schweigend. Der Soldat wischte sich den Mund mit dem Handrücken, steckte sein

Messer wieder in den Gürtel und ging sein Pferd einfangen. Er kam mit beiden Pferden wieder, als Jonas eben vom Fluss heraufkam, wo er sich andeutungsweise gewaschen hatte. Sie sattelten ihre Pferde, immer noch schweigend. »... Wer ist eigentlich Esther?«, fragte der Soldat plötzlich unvermittelt. »Willst du wohl! Verdammte Schindmähre!«

Jonas, im Begriffe aufzusteigen, hielt inne. »Wie kommst du auf Esther?«, fragte er, ohne es verhindern zu können, dass er errötete.

»Meine nur. Du hast heute Morgen im Traume soundsooft ›Esther‹ gerufen. Im Allgemeinen pflege ich anderer Leuts Gespräche nicht zu belauschen, aber ich hab einen leichten Schlaf, und diese Esther hat mich dauernd geweckt. Ich lag nämlich schon eine geraume Weile neben dir!« Er setzte sich im Sattel zurecht und brachte sein Pferd in Gang. Jonas folgte mechanisch seinem Beispiel.

»Esther ...«, sagte er schließlich, »das ... das ist meine Freundin ...«

»Wie jung du bist!«, sagte der Soldat. »In deinem Alter sagte ich auch noch ›meine Freundin ...‹ Jetzt sage ich meistens ›eine Freundin von mir ...‹ Ich dachte nur, ich kenne sie vielleicht. Weiber lernt man am besten kennen, wenn man sich mit anderen über sie unterhält.«

»Du hast viele Freundinnen?«, fragte Jonas erstaunt.

Der andere warf beide Arme in die Luft.

»... Zähl die Sterne am Himmel, o Freund, die Tropfen im Meer. Tausendmal tausend liebt ich im Lande Juda ...«, deklamierte er nicht ungeschickt.

»Und keine fragt dich, ob sie jetzt grade die Einzige ist, die du liebst?«

»Das«, sagte der Soldat nachdenklich, »ist eine merkwürdige weibliche Eigenschaft, die keine ablegen kann. Dabei, was liegt daran, wie viele man noch liebt! Und es ist nicht leicht, die Frage so zu beantworten, dass man einerseits bei der Wahrheit bleibt, wenigstens annähernd, und andrerseits noch einen gemütlichen Abend vor sich sieht. Aber was willst du! Die Weiber wollen doch betrogen sein. Sie sind es gewöhnt und erwarten schon gar nichts anderes. Ganz abgesehen davon, dass sie einen ja auch betrügen – wenn nicht de facto, so ganz bestimmt in Gedanken. Mir gilt das eine so viel wie das andere. Heiraten kann ich doch nur eine, und eine so Dumme hab ich noch nicht gefunden.«

Jonas lachte. »Wieso dumm? Meinst du, man müsste dumm sein, um dich zu heiraten?«

»Um von mir geheiratet zu werden«, sagte der andere. »Hüt dich vor klugen Weibern. Ich kenn das, es ist ein Elend. Meine Mutter ist eine unheimlich kluge Frau, und wie macht sie meinem Alten das Leben schwer!«

Sie ließen Geser hinter sich und ritten in nördlicher Richtung weiter.

»Vielleicht klingt das alles sehr leichtsinnig. Aber ich glaube nicht, dass man ein guter Soldat sein kann und nicht leichtsinnig. Dann muss man schon wieder so dumm sein, dass es auf das Gleiche herauskommt. Oder man muss unheimlich blödsinnige Ideen von Ehre, Vaterland, na, und so weiter haben. Es gibt nur diese drei Möglichkeiten. Entweder man fürchtet den Tod nicht, weil man eben zu faul dazu ist, irgend etwas zu fürchten oder über irgendetwas nachzudenken, oder man rechnet gar nicht damit, dass ein Held überhaupt sterblich ist, oder man findet es ehrenvoll und süß, für sein Vaterland zu sterben. Entweder man macht sich nichts aus Entbehrungen und Hunger und verdammter Menschenschinderei, oder man merkt's nicht, oder man findet es gut und richtig und noch nicht toll genug ... Die letzte Sorte hab ich besonders gern. Wenn die das Maul auftun und zum staunenden Volk zu reden anfangen, kommst du dir am Ende wie ein nichtswürdiger, gemeiner, schlechter Schuft und Verräter vor, und die Helden ... Na ja, von mir aus!«

Sie galoppierten eine Wegstrecke, ließen die Pferde wieder in Schritt fallen. »Von mir aus«, wiederholte der Soldat. »Wer zu sonst nichts taugt, kann immer noch Soldat werden. Ein Beruf wie jeder andere. Aber es ist lächerlich, so zu tun, als wäre das *die* welterhaltende Kraft.«

Auf der Brücke in Lod trennten sie sich. Der Soldat beugte sich hinüber und umarmte und küsste Jonas. »Es ist nicht schlecht, zu wissen, dass es solche gibt wie dich«, sagte er, »und hoffentlich immer geben wird. Leb wohl. Wenn du je nach Arimathia kommst, frag beim Stadthauptmann nach mir!«

Damit wandte er sein Pferd und galoppierte davon. Jonas sah ihm nach. ›Er erinnert an Ismael‹, dachte er, ›dabei weiß ich nicht mal seinen Namen!‹ Gegen Abend kam er zum östlichen Tor der Stadt Japho.

Der Markt

Jonas ritt in den Hof einer Karawanserei, stieg ab, ließ sein Pferd absatteln und füttern und begab sich in den zu ebener Erde gelegenen Saal, der an den Wänden mit Polstern belegt war und in dem die Reisenden aßen und schliefen. Zwei große Bogenfenster sahen auf den Marktplatz hinaus, wo ein fröhliches Getümmel herrschte. Jonas hatte wenig Interesse daran. Er ließ sich einige Fische braten, trank einen dicken roten Wein aus Schiras dazu und hörte gedankenverloren und geistesabwesend auf die eintönigen Erzählungen zweier Kaufleute und das Geplätscher des Brunnens im Hof. Schließlich ermannte er sich, klopfte den Staub etwas von seinen Kleidern, ließ sich sein ungesatteltes Pferd geben und begab sich auf den Markt. Dort stellte er sich, gelassen an das Pferd gelehnt, ins dichte Gewühl und wartete. Das Getriebe des Marktes war sinnverwirrend. Das Geschrei der Marktweiber, das Hin- und Herlaufen; der Käufer, der entsetzt flieht, wenn er den Preis hört; der Händler, der ihn gestikulierend verfolgt, das lebende Huhn in der Hand schwingend; die Haufen von Gemüsen, Fischen, Orangen, Feigen und Datteln; die weißlichen Gebirge von Eiern auf gelbem Stroh; die flatternden Tauben in großen Körben; die gelben und grünen Kürbisse und Melonen; Wagen voll grüner Bohnen; Pyramiden roter, gelber und brauner Käse – kläglich blökende Hammel und Lämmer; nervöse Pferde, geduldige Ochsen und Kühe, dazwischen die Makler, Aufkäufer, Dienstmägde, Hausfrauen und die große Herde von jenen, die überall im Weg stehen, überall dabei sind, immer bieten und niemals kaufen, jederzeit bereit sind, ein Gutachten über irgendwen, den sie selbst nicht kennen, abzugeben, und große Fertigkeit im Feilhalten von Maulaffen haben; die bei keiner Prügelei fehlen; die alle Hundekämpfe mit innigem Interesse verfolgen; die stehlen, wo sie können, und jederzeit bereitwillig falsch schwören, ohne dass sie dafür irgendwas bekämen.

Jonas betrachtete das mit Gleichmut; seine Gedanken waren weit weg. Der Lärm des Marktes kam ihm wie das Rauschen eines Wasserfalles vor; dies war nun die letzte jüdische Stadt, die er für lange sah. Morgen führe er schon auf dem Meer um diese Zeit.

»Allah!«, sagte neben Jonas ein alter Araber mit lüsternem Blick. »Allah! Welch ein Pferd! Verkaufst du es?«
»… Ich verkaufe es«, erwiderte Jonas nach einer Weile. Der Alte betastete das Pferd, sah ihm ins Maul, befühlte seine Muskeln und untersuchte die Hufe. Jonas sah ohne große Bewegung zu. Er hatte keine Ahnung von Pferden. Der Alte näherte sich ihm. »Höre!«, flüsterte er ihm ins Ohr, »das Pferd stammt aus den königlichen Ställen in Gath-Hepher. Ich kenne es. Nur dort gibt es solche Schecken.«
Jonas verzog keine Miene.
»Stimmt!«, sagte er ungerührt.
»Ich biete dir dreißig Goldtaler!«
»Bist du von Sinnen? Dreißig Goldtaler für ein solches Pferd? Dreihundert!«, sagte Jonas empört.
Der Alte machte einen Sprung nach rückwärts, hob die Arme zum Himmel und raufte in schöner Verzweiflung seinen Bart. »Allah, erbarme dich!«, rief er aus, »ich bin ein armer Mann, du aber bist ein Wucherer! Ich kann diesen Preis nicht zahlen!«
»Niemand zwingt dich dazu«, erwiderte Jonas achselzuckend.
Eine große Gruppe Nichtstuer hatte sich, von dem Handel angelockt, um die beiden und das Pferd versammelt.
»Das Pferd hat tausend Fehler!«, jammerte der Alte, indem er es mit zitternden Händen betastete, »tausend Fehler! Ich bin ein großer Scheik in der Wüste Schammar und nenne große Herden, hochberühmte Stuten und herrliche Hengste, mein Eigen! Ich brauche dein Pferd nicht!« Er näherte sich Jonas' Ohr.
»Hundert Taler!«
»Ach!«, rief Jonas, »hundert Taler!? Unglücklicher, du verstehst nichts von Pferden! Bedenke doch, ein Pferd von solcher Herkunft!«

»Jawohl!«, schrie der Alte, »das bedenke ich wohl! Aber weißt du auch, dass das Hehlergeschäfte sind? Ich bin ein ehrlicher Mann!« Die Umstehenden lachten.

»Dann geh, du ehrlicher Mann aus der Wüste Schammar zu deinen herrlichen Hengsten und hochberühmten Stuten zurück. Wie hast du es dann nötig, in Japho Pferde zu kaufen?«

»Allbarmherziger!«, murmelte der Alte und strich liebevoll über das runde Hinterteil des Pferdes, »erleuchte mich! Dieser Jude ist ein Teufel. Hundertfünfzig, aber nicht ein Sandkorn mehr!«

»Was heißt Sandkorn«, sagte Jonas unbarmherzig, »zweihundertfünfzig, dann gehört es dir!«

Der Alte schrie wie am Spieß, bahnte sich einen Weg durch die Umstehenden, rang die Hände und schlug sich an die Brust. Die Nichtstuer drängten sich um Jonas.

»Hundertachtzig!«, sagte einer.

»Zweihundert mindestens!«, rief ein alter dicker Hauptmann.

Der alte Araber arbeitete sich wieder durch die Menge.

»Zweihundertvierzig!«, stöhnte er, völlig ermattet von den Seelenkämpfen, die er zu bestehen hatte.

»Gut!«, sagte Jonas, den es langweilte. »Hier! Wo hast du das Geld!« – »Komm mit zu meinen Kamelen, Herr«, erwiderte der Alte »und erweise mir die Ehre, Kaffee mit mir zu trinken.« Er nahm das umstrittene Pferd beim Zügel, glücklich, den Juden so übers Ohr gehauen zu haben. Jonas folgte ihm, ohne große Freude, aber auch ohne die geringste Reue über seinen unvorteilhaften Handel.

Es war schon dunkel, als er, den Beutel mit Geldtalern im Gürtel in die Karawanserei zurückkehrte.

Einige blakende Öllampen brannten, und die Reisenden lagen auf ihren Polstern, tranken Kaffee und aßen kandierte Früchte. Jonas betrachtete eine Weile die dürftig gekleideten, unschönen Tanzmädchen, die zu einer monotonen Musik überdrüssig und mechanisch tanzten; dann überwältigten ihn Langweile und Müdigkeit; er rollte sich zusammen und schlief ein.

Die Reise nach Zypern

Der »Leviathan«

»Hallo! Kapitän!«, rief Jonas, als er die Reling überkletterte.
»Hallo!«, sagte der einäugige Mann am Mast gleichgültig.
»Wohin segelst du?«, fragte Jonas.
Der Kapitän maß Jonas mit seinem einen Auge von oben bis unten. Schließlich erwiderte er trocken: »Heim.«
Jonas entgegnete nichts, er lehnte sich ebenfalls an den Mast und wartete. Der Kapitän schwieg auch. Nach einer langen Weile sagte er: »In die Levante. Ich und der Steuermann, wir sind von dort. Zuerst Zypern, Larnaka. Aber der Wind taugt nichts.«
Hierauf verfiel er wieder in tiefes Brüten.
»Was verlangst du bis Zypern?«, fragte Jonas endlich.
Der Kapitän blinzelte heftig. Er zerrte an seinem ausgeblichenen, gelblichen Bart, dachte eine lange Weile nach und erwiderte zu guter Letzt, in fragendem Ton:

»Hundert Taler?«
»Hundertfünfzig, wenn du willst!«, sagte Jonas unbedacht. Die breite Schmarre auf des Kapitäns Wange wurde rot.
»Ich brauche dein Almosen nicht«, sagte er giftig. »Ich bin ein freier Grieche!«
»Wohl dir!«, sagte Jonas ungerührt.
Der freie Grieche hob den angeleckten Zeigefinger in die Höhe. Er belebte sich.
»Wind kommt auf, o Poseidon!«, sagte er entzückt. »He, ihr Männer! He, ihr Matrosen! Auf, schlaft nicht länger! Auf, säumt nicht länger! Wind kommt auf! Ay! Ay! Ihr Matrosen, ergreift die Ruder!« Er wandte sich zu Jonas. »Und du, gib mir das Geld. Hundertfünfzig, sagte ich!« Jonas zählte amüsiert hundertfünfzig Taler in die schmierige Pfote des Kapitäns.
Auf dem Schiff wurde es lebendig. Die Matrosen krochen aus ihren Verschlägen hervor, kletterten in die Boote, in die Rahen und vollführten all die unverständlichen und verwirrenden Manöver, die nötig scheinen, um ein Schiff auslaufen zu lassen. Jonas bemühte sich, einen Platz ausfindig zu machen, wo er möglichst wenig im Weg stand. Quietschend und kreischend wurde der Anker hochgewunden, die Matrosen in den Booten legten sich in die Riemen, der Leviathan schaukelte und wippte etwas und kroch mühsam aus dem Hafen.
»Haltet aus, meine Tapferen! Ay, ihr Männer! Ay, ihr Wackeren! Bedenkt den Wind, der kommen wird! Danket Poseidon! Ay, ihr Männer! Lasst nicht nach, ihr Matrosen!«, schrie der Kapitän vom Bug des Schiffes zu den Booten herab.
»Ayay, Herr! Ayay, Kapitän!«, antworteten die Ruderer monoton und senkten ihre Ruder taktmäßig ins Wasser. Dann wurden die Segel gesetzt, die Ruderer

kehrten an Land zurück und ein sanfter Wind trieb den Leviathan hinaus auf See.
Jonas atmete auf. Er sah in das Kielwasser des Leviathan, hörte den Kapitän mit dem Steuermann unverständliche fachmännische Reden wechseln und mit Erleichterung stellte er fest, dass die Stadt Japho immer kleiner und kleiner wurde.

Der Orkan

Gegen Abend nahm der Wind zu, sehr zur Freude des Kapitäns und des Steuermanns, sehr zum Gram der Matrosen, die lieber noch länger in Japho mit seinen Schenken, seinem Wein und seinen Mädchen geblieben wären und die insgeheim wünschten, widrige Winde zwängen den Leviathan, so bald als möglich Caesarea oder Akko anzulaufen. Um Mitternacht steigerte sich der Wind zum Orkan. Nicht so sehr zur Freude des Steuermanns noch auch des Kapitäns, des freien Griechen. Auch nicht durchaus zur Freude der Matrosen, die einerseits ungern in den Rahen hingen, wenn sie auch andrerseits ihrem Patron einen nassen Hals gönnten. Gar nicht zur Freude Jonas'. Der lag in einem Verschlag unter Deck und ihm war sehr übel. Der Sturm fiel das Schiff an wie ein Dämon; er heulte in der Takelage, in der die Matrosen verzweifelt und erschöpft versuchten, die Segel zu bergen; er riss sie ihnen aus der Hand und prügelte sie unbarmherzig damit, er zerriss sowohl die neuen Segel als auch die alten ohne Unterschied, er wühlte das Meer haushoch auf und spottete der Kunst des Steuermanns. Der Leviathan ächzte und krächzte, und der Wind, der von allen Seiten zu kommen schien, trieb alle Lasten, die der Kapitän hatte über Bord werfen lassen, auf großen Wellen wieder auf das stöhnende Schiff, meist einem unglücklichen Matrosen ins Kreuz oder gegen die Beine.

Das letzte Mittel

Gegen Morgen kroch der freie Grieche, der bisher oben ausgeharrt hatte, über das rollende Deck ins Mannschaftslogis; er war blass vor Erschöpfung, und die Schlingerbewegung des Schiffes warf ihn in dem engen Raum hin und her.

»Jetzt ist alles über Bord an Ballast, was nicht unbedingt draufgehört«, sagte er keuchend, »und jetzt wär's also so weit. Und wenn wir nun doch schon alle zur Hölle gehen sollen, so wollen wir doch wenigstens noch feststellen, ob sich nicht unter uns einer befindet, der uns all das übern Hals gebracht hat. Ich bitte euch, Männer, lasst nicht durch die Schuld von einem das ganze Schiff mit so viel Menschen absaufen. Es hilft alles nichts, Poseidon ist zornig, er will sein Opfer haben!« Er blickte mutlos ringsum. Dies war das letzte Mittel.

»Man kann nur einmal ersaufen«, sagte er schließlich in das Schweigen, das in dem dumpfen Raum lastete, »und es hat keinen Sinn, noch boshaft zu sein im Augenblick des Todes. Und wenn einer denkt, wenn er schon stürbe, sollten's die andern auch, so wird ihm das schwerlich zu seinen Gunsten angerechnet, dereinst!« Wieder antwortete niemand. Die Schmarre des Kapitäns lief rot an. In diesem Moment sagte eine sanfte Stimme: »Es ist einer unter uns, der sollte nach Ninive gehen. Gott selbst hatte ihn gesandt. Er aber entfloh und ging nach Japho und bestieg ein Schiff…« Es war Jonas, als krampfe sich sein Herz zusammen, als er die Stimme hörte. Er rollte aus seiner Koje, blass und elend, die dunklen Haare zerrauft über der Stirn. »Ist das wahr, was dieser da spricht?«, fragte der Kapitän rau.

Jonas betrachtete geistesabwesend die am Boden hockenden Matrosen, er sah mit brennenden Augen auf den Diener Gottes, er räusperte sich und sagte mit trockener Kehle: »Es ist wahr.«

»So helfe dir Gott!«, sagte der Levantiner, »so musst du über Bord. Du kannst nicht verlangen, dass wegen dir mein ganzes Schiff mit uns allen auf Grund geht, nein, wirklich, das kannst du nicht. Kommt mit auf Deck, ihr alle!«

Er wartete, bis die Matrosen die Leiter hochgeklettert waren und, über Deck rutschend, einen festen Halt gefunden hatten. Dann zog er den Geldbeutel aus dem Gürtel, zählte die hundertfünfzig Goldtaler ab, die er von Jonas bekommen hatte, und gab sie ihm zurück.

»Hier!«, sagte er, »das brauchen die da oben nicht sehen. Ich will mich nicht an einem Toten versündigen!«

Jonas lächelte ironisch. »Behalt es nur; oder glaubst du, ich hätte noch irgendwas zu bezahlen? Die Fische sind mit meiner Person schon ganz zufrieden.«

»Nimm's!«, sagte der Kapitän stirnrunzelnd, und Jonas wollte es scheinen, er habe Mühe, seinen Edelmut nicht zu bereuen, und stieß Jonas vor sich her auf Deck.

Der Orkan wütete, peitschte große Wassermassen auf und schleuderte den Leviathan wie eine Nussschale herum. Die Matrosen lagen auf Deck wie tot, in den verschiedensten Stellungen.

Der Kapitän und Jonas krochen an die Reling, Jonas spürte plötzlich, wie jemand ihn festhielt und etwas schrie. Der brüllende Sturm verschlang die Worte. Jonas wandte den Kopf.

»Ach, Diener Gottes!«, brüllte er zurück. »Freust du dich nun? Hast du deinen Zweck erreicht?«

Der andere, der, ein Tau um den Bauch gewickelt, grade eine Sturzsee bekommen hatte, schüttelte den Kopf.

»Das ist für deinen Ungehorsam! Gottes Langmut …«, den Rest schleuderte der Sturm fort.

»Ja!«, schrie Jonas höhnisch, »das ist Erziehung durch moralische Überredung. Du glaubst doch selber nicht, dass ich noch nach Ni…«

»Unglücksmensch!!«, brüllte der Levantiner in einer sturmfreien Minute von der Reling her. Jonas kroch zu ihm hin.

Der Mond trat einen Augenblick aus den zerfetzten Wolken. Der freie Grieche ergriff Jonas' Hände und schrie: »Sag, dass du uns allen vergibst! Ich will nicht…«

»Ja!«, schrie Jonas zurück. ›So ein Theater!‹, dachte er dabei, ohne dass ihm noch ganz aufging, dass er bestimmt sei, eine recht trostlose Rolle in diesem Theater zu spielen.

»Soll ich dich hineinstoßen?«, bot sich der Kapitän brüllend an. »Das fehlte noch!«, brüllte Jonas zurück, setzte den Fuß auf die Reling, kämpfte einen Moment gegen eine Böe, die ihn zurückwerfen wollte, und sprang.

Das Wunder

Der Schmerz des Sterbens

In dem Moment, als sich der Fuß von der Reling löste, sah Jonas noch einmal sein ganzes Leben vor sich. Noch vor einer halben Stunde hatte ihm sein Leben nichts, nicht das Allergeringste, gegolten. In diesem Augenblick aber, da er wusste, dass er nun sofort, unwiderruflich sterben sollte, dass niemand imstande wäre, ihn zu retten, dass das Schiff ihn nie mehr aufnähme, dass nur ein Wunder sein Leben erhalten könne (vielleicht wenn er beten würde, aber das wäre das Letzte, was er täte), in diesem Moment erschien ihm sein Leben unendlich kostbar. Er sollte sterben, ehe er überhaupt gewusst hatte, was das eigendich ist. – Leben. – In diesen Sekunden des Fallens erlebte er sein ganzes bisheriges Dasein noch einmal. Seine frühesten Erinnerungen: wie er allein in einem dunklen Zimmer sitzt und spielt, und es brennen irgendwo Kerzen, und wie er in den Springbrunnen fiel und wie er auf dem Eselchen ritt und wie man ihn mitnahm in die Aprikosengärten und wie er an einem Fluss an einer hohen Sandmauer saß und mit dem weißen Sand spielte.

Er sah die Klematis am Haus des Großvaters, die großen Eiben; er sah den düsteren Saal in Weiß und Rot und Gold; er sah sich selbst in den Weinbergen mit den Winzern sprechen, klein und braun und mager, in einem rosa Hemd. Er sah, wie Ismael seine Uniform zum ersten Mal anzog und wie seine Mutter weinte bei jener großen Parade, als Vater ins Feld zog. Das Unwiderrufliche entsetzte ihn, das Unabänderliche. Der Gedanke, dass er niemals seinen Kindern erzählen könnte von sich, wie sein Vater oft tat, dass er nie ein alter Mann sein würde und klug und gerecht und ganz, ganz ruhig, so einer, der alles weiß und über nichts spricht, dieser Gedanke machte, dass er schluchzte ... Im gleichen Augenblick schlug er aufs Wasser auf und wurde besinnungslos.

Schiffszwieback und Branntwein

»Wenn mir nur nicht so übel wäre!«, murmelte Jonas und versuchte vergeblich, sich in dem stockfinstern Raum, der sich in gleichmäßigen Abständen bewegte, zurechtzufinden. »Nicht so übel und etwas heller. Es ist hier wie unter einem hohen Grashaufen. Nur dass es da nicht so stinkt, natürlich.« Er kroch auf dem nachgiebigen Boden herum. »Au! Verdammt! Was ist das denn? Eine Art Kiste. Schau schau ... Ich möchte bloß wissen, wo ich bin ... Erst war ich noch ganz harmlos froh, dass ich lebe. Jetzt möchte ich schon gern wissen, wo ich lebe ... Dies hier ist offensichtlich eine kaputte Kiste. Ein ziemlicher Matsch ist darin. Hier ist auch noch was Hartes, und hier ... Au! Verdammt nochmal!«
Eine plötzliche Senkung des Bodens nach seiner Seite hin bewirkte, dass etwas Schweres Jonas ins Kreuz rollte. Der Boden hob sich wieder, das Schwere rollte wieder zurück. »Komische Wirtschaft!«, sagte Jonas und befühlte sein Kreuz. »Sonderbare Vorstellungen von Gastfreundschaft haben die hier. Ob ich im Laderaum eines Schiffes bin? Aber wieso ist hier alles so gepolstert? Man hört auch niemanden laufen ... na, also das hier ist jedenfalls unzweideutig nasser Schiffszwieback. Schmeckt gar nicht so schlecht, zu-

mindest nicht so schlecht, wie mir schon ist. Und jetzt das Harte, Runde ...«

Er kroch umher und suchte das Runde, wobei er oft oben und vorn mit dem Kopf an die gleiche nachgiebige Masse stieß, die auch den Boden darstellte.

»Das hat zwei Henkel und ist mit Stroh umwickelt ... Und hier ist es zugestöpselt. Wahrscheinlich Öl oder ein Einreibemittel für Pferde ...« Er zog den Stöpsel mit den Zähnen heraus und roch in die Flasche. »Branntwein!«, sagte er begeistert. »So ein Zeug, wie die Matrosen saufen. Meine Kerkermeister sind entschieden menschlich. Ich möchte nur wissen ..., ob ich auf dem Leviathan bin ..., ob sie mich doch wieder aufgefischt haben ..., ob ich *später* umgebracht werde ... Er nahm gedankenvoll einen Schluck aus der Flasche.

So lebte Jonas drei Tage und drei Nächte im Bauch des Walfisches. Er sah nichts und hörte nichts, er bemerkte nur, dass die Flasche leichter wurde und die Kiste sich leerte.

Der Walfisch

Es ging eine Veränderung mit dem Raum vor sich. Ein Spalt Licht entstand an einem Ende, der sich schnell vergrößerte. Jonas spürte plötzlich, wie Wasser hereinflutete. Er sah undeutlich wie die Kiste und die Flasche hinausgespült wurden, und rings um ihn lebte unvermittelt der ganze Raum von winzigen Fischen, nicht größer als Sardinen.

»Pfui Teufel!«, sagte Jonas empört, »das ist eine elende Sauerei! Fisch! Was soll der Fisch hier drin, geht der Kahn unter? ... Oh, ich Esel! Ich bin selbst in ei-

nem Fisch! Und eben hat er was zum Fressen gefunden, noch was zum Fressen. Vermutlich hat er bemerkt, dass ich nahezu unverdaulich bin. Auf dem Schiff war ich zu viel, das Meer konnte nichts mit mir anfangen, der Fisch findet mich ungenießbar ... ich bin von einer geradezu tröstlichen Untauglichkeit!«
In diesem Moment strömte das Wasser zum zweiten Mal ein, und diesmal mit solcher Gewalt, dass es Jonas aus seiner hockenden Stellung umwarf und, sosehr er sich auch bemühte, sich festzuhalten, mit hinausspülte. Er fühlte sich eine kurze Strecke durch die Luft geschleudert und landete mitten in den lärmenden Brandungswellen, die sich an der flachen Küste an vereinzelten großen Steinen brachen.

Die Wüste und das Gebirge

Fadenspiele

»Mein Gott, bist du ungeschickt!«, sagte das Kind und nahm Jonas das Garn aus der Hand. »Dabei bist du schon so groß! Was soll denn nur aus dir noch werden?« Es betrachtete ihn besorgt. Jonas lehnte den Kopf an die rohrgeflochtene Hüttenwand, er gähnte und sagte: »Ein Fadenspieler jedenfalls nicht. Vielleicht ein Prophet. So einer, weißt du, der den Leuten unangenehme Dinge sagt.« Er schloss die Augen.
»Ich weiß nicht, ob es mir gefallen würde, unangenehme Dinge gesagt zu bekommen, und noch viel weniger möchte ich den Leuten welche sagen. Wenn man nicht groß und stark und mächtig ist, muss man

sehr vorsichtig sein mit solchen Dingen. Es wäre mir lieber, du bliebest hier und würdest ein ordentlicher Mensch oder ein Fischer, wie Großvater!«
Jonas öffnete die Augen und sah es belustigt an, wie es klein und mager und braungebrannt vor ihm stand, in einem alten, zerrissenen und viel zu großen Hemd, ein Stück altes Fischnetz auf dem Kopf und einen Strick um den Bauch. Er hob es auf seine Knie und sagte: »Ach, weißt du, es ist so anstrengend, ein ordentlicher Mensch zu sein. Rieche ich noch nach Fisch?«
Das Kind roch an seinem Hemd, seinen Haaren und erklärte schließlich: »Na ja, es geht. Es ist besser als vorgestern. Du hast schlimmer gestunken als zwei tote Fische!«
Eine Weile schwiegen sie beide. Das Kind stieß einen tiefen Seufzer aus und legte seinen Kopf an Jonas' Schulter. »Was wirst du den Leuten denn sagen … dort?«
Jonas antwortete nicht sofort. Schließlich seufzte er auch. »Ich weiß nicht …«, murmelte er unbestimmt. »Irgendwas von Sünden und Buße und Gott oder so. Ich weiß selbst nicht …« Ihn schauderte trotz der Hitze, wenn er daran dachte, dass er zu einer Volksmenge sprechen sollte.
»Ach was!« Er setzte das Kind entschlossen wieder auf den Boden. »Spielen wir lieber nochmal Fadenspiele. Vielleicht lern ich's doch noch, dann bleib ich bei dir.«
Glücklich und ernsthaft spannte das Kind von neuem Fäden zwischen seinen kleinen Fingern aus.

Der dicke Mann

Kurz hinter Beirut überholte Jonas ein von zwei weißen Maultieren gezogener Wagen, in dem ein dicker alter Mann saß. Sein Doppelkinn ruhte würdig auf seinem roten Seidengewand, sein Aussehen war furchteinflößend. Der dicke Mann stieß bei Jonas' Anblick seinen Stock heftig mehrere Male ins Kreuz seines Kutschers und schrie:
»Anhalten!! So halt doch an, verfluchter Esel!!«
Der Kutscher zog gleichmütig die Zügel an. Der dicke Mann wartete ungeduldig, bis Jonas herankam, winkte ihm mit seiner fetten weißen Hand und rief:
»Willst du mitfahren?«
»Gerne, Herr«, sagte Jonas und stieg ein.
Der Dicke betrachtete ihn mit einem ernsten Blick, wie einer, der es gewohnt ist, dass man vor ihm zittert. ›Wozu nehm ich den Kerl eigentlich mit, ist doch sonst nicht meine Gewohnheit‹, dachte er in einem gewohnheitsmäßigen Argwohn, ›vielleicht lauert er nur auf eine Gelegenheit, einen reichen Mann auszuplündern. Ich werde ihn scharf im Auge behalten. Es wäre lächerlich, wenn grade *mir* das passierte!‹ Er schnob fürchterlich, atmete tief ein wie ein Blasebalg und fuhr fort, Jonas aufmerksam zu betrachten. Jonas war indessen einigermaßen unbefangen. ›Der Kerl ist unheimlich fett‹, dachte er abschätzend, ›drückt ihm das viele Fett die Augen so aus dem Kopf, oder weshalb glotzt er so wild auf mich? Hoffentlich ist er kein Sklavenfänger oder einer jener Kerls, die Söldner pressen. Ich werde mich hernach möglichst schnell verdrücken.‹ Er drehte sich um und warf einen Blick auf die massive Gestalt des Wagenlenkers. ›Teufel nochmal‹, dachte er nun doch etwas beunru-

higt, ›das ist ja ein Riese! Na, danke schön!‹ Er lächelte sein Gegenüber harmlos-freundlich an.
Der Wagen holperte durch eine der felsigen Schluchten des Libanon. Der Kutscher tat sein Bestes, um eine möglichst sanfte und mit wenig Geröll bedeckte Wegstrecke zu finden. Trotzdem wurden Jonas und der dicke Herr heftig durchgeschüttelt.
»Pass auf, Unglücklicher!«, rief der Dicke erbost dem Kutscher zu, »der Meerlachs! Wenn du auch nur einen Tropfen Wasser verschüttest!« Er erwog, ob er den Kerl da, den er dummerweise mitgenommen hatte, auffordern solle, doch mal aufzustehn und über ihn hinwegzuschauen, ob sie vielleicht eine Spur von Wasser auf dem Weg ließen. Dann aber fielen ihm beunruhigende Fälle ein von Wegelagerern, die sich ähnliche Situationen zunutze gemacht hatten, um ihre Mitfahrenden zu erstechen, und er verzichtete seufzend. Es war aber auch eine Torheit, ohne bewaffnete Berittene zu verreisen! Wie oft hatte ihm das sein Haushofmeister schon gesagt! ... In seinem jetzigen Fall nützte das alles nichts. Er musste mit Diplomatie anfangen. »Das sind Schufte, die Beiruter Fischer!«, sagte er schnaufend. »Das sind Wucherer! Sie haben mich verleitet, einen Preis zu zahlen, einen *Preis!* Du wirst es nicht glauben. Ich fahre doch nun jede Woche nach Beirut um Meerlachs, aber es ist jedes Mal dasselbe. Zwanzig Groschen haben sie mir noch gelassen, sieh!« Er zog zwei Silberstücke aus seinem umfangreichen Gürtel. ›Wegen zwanzig Groschen fängt er hoffentlich nicht mit einem Massaker an‹, dachte er.
›Komischer Alter‹, dachte Jonas. Laut sagte er: »Du solltest mit ihnen handeln, Herr. Sie wollen, dass man sich mit ihnen herumschägt!«
»Herumschlägt!«, sagte der Herr erbost. »Sehe ich aus

wie einer, der sich herumschlägt? Das fehlte noch. Aber ich *muss* selbst fahren, ich muss den Fisch lebend sehen und lebend mit heimbringen – du glaubst gar nicht, welcher Unterschied das ist! Er muss so lange leben als irgend möglich, und es war sehr schwer, einen Koch zu finden, der den Fisch schnell und dabei noch gut zubereitet. Er muss kaum merken, dass er tot ist, der Fisch – wenn er zum nächsten Mal schnaufen möchte, steht er schon auf dem Tisch. Ah! Fische!«

Der dicke Mann schmatzte. »Fische!«, wiederholte er genießerisch, und Jonas sah an seinem entrückten Gesichtsausdruck, wie vor seinem geistigen Auge ganze Paraden von herrlichen Fischen vorbeizogen.

»Das Essen ist eine Wissenschaft, die einzige Wissenschaft, der ein kluger Mann ohne Schaden nachhängen kann. Es höhlt ihn nicht aus oder macht ihn ungesellig, es lässt ihn nicht geistesabwesend und verdrießlich werden, es fordert nicht dauernd das Bezahlen unverständlicher und, meines Erachtens, völlig sinnloser Rechnungen, um einen am Ende doch zu betrügen, und es lässt nie zum sinnlosen Fresser werden, was einem echten Wissenschaftler der Tafelfreuden ein wahrer Gräuel ist. Lieber möchte ich am Platz verhungern, als schlecht zubereitetes Essen zu mir nehmen zu müssen.«

»Glücklicherweise habe ich einen vorzüglichen Koch!«, setzte er hinzu.

»Ein guter Koch ist nicht mit Gold aufzuwiegen«, sagte Jonas, der bemerkte, dass man von ihm eine Entgegnung erwartete, und dem eben nichts Alberneres einfiel.

»Zwei Dinge, die ich liebe!«, sagte der dicke Mann und wälzte sich ächzend etwas im Polster, »die Gerechtigkeit und das Essen.« Er blickte Jonas mit sei-

nen hervorquellenden Augen streng an. »Die einzigen vernünftigen Leidenschaften für einen Mann. Sofern man ... Auch du wirst es eines Tages feststellen!«
»Gewiss«, murmelte Jonas eingeengt, »gewiss, es sind staatserhaltende Kräfte ...
Zwei Tage lang sprach der dicke Mann, Oberrichter von Damaskus, abwechselnd von Essen und Gerechtigkeit. Sein Argwohn gegen Jonas (der unerschütterlich liebenswürdig und harmlos war, ebenfalls aus Argwohn) schwand, und sein riesiger Vorratskorb wurde leerer und leerer. Die Maulesel ermatteten, und es war nur noch wenig Wasser im Fischkasten. Nach Ablauf dieser zwei Tage also gelangte Jonas nach Damaskus.

O Esther

Die Karawane hatte die Oase Palmyra weit hinter sich gelassen und strebte durch die syrisch-arabische Wüste der Stadt Bagdad zu. Jonas überließ sich seinen Gedanken, und dem alten, bösartigen Kamel, das er ritt, überließ er die Sorge um den Weg und die richtige Reihenfolge in der Karawane.
Er dachte an seine bisherige Reise ... wie er entfloh ... wie er den Soldaten traf ... wie er dem Leviathan Unglück brachte ... wie der Fisch ihn nicht wollte ... wie er eine Woche lang bei einem alten Fischer lebte und Fadenspiele spielte ... wie er nach Beirut kam und dort schlecht aß, aber gut schlief ... und wie ihn der Oberrichter von Damaskus mitnahm und in Damaskus zu sich einlud und wie er dort gut aß, aber schlecht schlief.

»Gäste – gut und schön!«, hatte der dicke Mann beim Essen zu Jonas gesagt. »Ich liebe die Geselligkeit, und ein ungastlicher Mensch ist ein Schandfleck der Schöpfung, die so gastfrei ist. Alles können sie von mir haben, nur keinen Fisch. Den Fisch muss ich alleine essen. Mich öden die Bemerkungen an über zu viele oder ausnahmsweise wenige Gräten, dieses unsachgemäße Zerteilen, das Begießen mit scheußlichen, scharfen Saucen ... den Fisch *muss* ich alleine haben.«
Und Jonas dachte daran, wie erleichtert er darüber gewesen war, denn er hatte mehr als genug von Fischen. Und wie gut sie sich verstanden, als sie gegenseitig festgestellt hatten, dass sich keiner vorm andem übermäßig zu fürchten brauchte!
›Ein Glück, dass ich dann damals früh die Karawane fand und wegreiste‹, dachte Jonas. ›Ich fing schon an, fett zu werden!‹ Er zog das Kinn an, um zu fühlen, ob er schon ein Doppelkinn hatte, und sah streng auf seinen Bauch.
Hinter Jonas flüsterten und kicherten zwei dicht verschleierte Frauen miteinander, die rechts und links vom Höcker des Kamels in runden Tragkörben saßen. Ab und zu stieß eins der Tiere einen heiseren Kehllaut aus, und der Anführer der Karawane rief mit hoher Stimme: »Gott ist groß!«
»Er ist groß, oh! Groß!«, antworteten nachlässig zwei oder drei Stimmen.
»Gott ist allmächtig! Gott ist gewaltig! Erbarme Dich, Gott ist groß!«
»Erbarme Dich!«, respondierte es müde.
Von Zeit zu Zeit lag ein totes Kamel am Weg, von dem sich beim Näherkommen krächzend und schimpfend einige Geier erhoben. Sie hüpften ungeschickt ein paar Schritte weit, wobei sie emsig he-

runterwürgten, was sie noch im Hals hatten, und starrten böse auf die Vorbeiziehenden.
Jonas betrachtete den Rücken des Reiters vor sich, ohne ihn eigentlich zu sehen. Er war im Geist in Damaskus, in dem Haus mit dem Innenhof und dem kleinen Brunnen.
»Kein verdammtes Frauenzimmer schleicht hier rum!«, hatte der Oberrichter gesagt, »und so ist immer Frieden im Haus. Du bist noch jung, du fällst noch auf ihr Theater herein. Werde so alt wie ich, mein Lieber, und du wirst meine Ansicht teilen!«
›Esther ist kein verdammtes Frauenzimmer, Esther ist so vollkommen, so, genau so, wie ich sie brauche, Esther ist einfach …‹
Jonas runzelte die Stirn und suchte nach einem Wort; er versuchte, sich Esther vorzustellen, und dabei bemerkte er, dass er nicht mehr wusste, wie sie aussah. Er erinnerte sich noch deutlich gewisser Bewegungen, gewisser Redewendungen, er erinnerte sich an ihre Haare, ihre Hände, aber da, wo das Gesicht war, war ein weißer Fleck. ›Ich bin verhext!‹, dachte Jonas bestürzt, ›ich muss mich doch noch erinnern!‹
Aber er erinnerte sich nicht. Es half nichts, dass er ihre Locke betrachtete, die sie ihm gegeben hatte, damit er sie nicht vergäße; dass er an ihre letzten Worte dachte, an ihre Küsse, an ihre Zärtlichkeiten, Umarmungen. Er erinnerte sich nicht. Und so kam es, dass er es nicht bemerkte, wie die Karawane in die fruchtbare Ebene zwischen Euphrat und Tigris kam, wie die Kamele schneller gingen, wie die Rufe der Treiber fröhlicher wurden. Er bemerkte nicht das Heraufkommen der letzten Nacht, und er erwachte erst aus seinen unbehaglichen Gedanken, die ihn die ganze lange Reise seit Palmyra gequält hatten, als die Karawane über den Tigris in Bagdad einzog.

Die kurdischen Berge

Der Mann mit der Pelzmütze

»Nach Ninive? Durch die kurdischen Berge nach Ninive?« Der Mann mit der Pelzmütze lachte kurz und höhnisch auf. »Du wirst allein reisen müssen, Fremder. Ich glaube nicht, dass du in ganz Bagdad einen findest, der dich hinführt. Du musst von weit her sein, dass du nicht weißt, dass es dort von Räubern wimmelt. Man will ja sogar Militär hinschicken. Die Regierung kann sich nur nicht schlüssig werden, welches Regiment sie am liebsten einbüßt. Stimmt's nicht, du, Simeon?«
Der Herbergswirt blinzelte aus seinen kleinen, rotgeränderten Augen Jonas bedeutungsvoll an.
»Er hat recht«, flüsterte er rau, »es vergeht kein Tag, an dem man nicht von Verbrechen aller Art, Überfall, Raub, Mord, Entführung, hört. Schon einmal haben sie Soldaten hingeschickt. Die eine Hälfte liegt heute in den Schluchten und verfault, die andere hat mit den Räubern gemeinsame Sache gemacht!«
»O, sie ergänzen sich gut!«, rief ein alter, einbeiniger Soldat, »sie verwenden ihre in Manövern und Felddienstübungen gemachten Erfahrungen. Das ist der Erfolg des neuen Drills!« Er legte Verachtung in seine Worte, die ganze Verachtung des verabschiedeten Söldners gegen die, die noch zu Kriegsdiensten taugen und davon leben.
Jonas lachte.
»Schon einmal hab ich in einer Gegend übernachtet, die von Räubern wimmelte. Ich lag am Ufer eines Flusses, mein Pferd war ewig weit von mir an einen

Baum gebunden, und ich bin ohne den geringsten Schaden davongekommen. Ich hab keine Angst!«

Der Mann mit der Pelzmütze zeigte einen Moment die Zähne. »Angst«, sagte er verächtlich, »was heißt Angst! Sie werden dich nicht lang danach fragen, ob du welche hast oder nicht. Wenn du nicht ein Geleit von *wenigstens* dreißig Berittenen hast, Soldaten, brauchst du gar nicht erst abreisen. Deine Reichtümer wirst du hier in den Schenken und bei den Mädchen auch los, und auf amüsantere Art!«

»Sehe ich nach Reichtümern aus?« Jonas sah zweifelnd an sich herab, sein Leinenhemd, seine Leinenhose, sein breiter Gürtel aus Leder, seine strapazierten Sandalen. »Man wird mich schwerlich für einen steinreichen Kaufmann oder regierenden Fürsten halten. Man wird mich gar nicht bemerken.«

»Und das hier?« Der Mann mit der Pelzmütze schnickte mit den Fingern gegen Jonas' Gürtel, hinter dem der Geldbeutel steckte. »Das genügt, mein armer Fremder. Diese Kerls würden einander ermorden um einen rostigen Groschen!«

»Ich muss nach Ninive!«, sagte Jonas störrisch.

»Schade um dich!«, sagte der Pelzbemützte lakonisch und wandte sich ab. Jonas starrte vor sich hin. Die Schenke war voll Dunst, den die Öllampen anstatt des Lichtes verbreiteten, und voll Lärm. ›Ich muss nach Ninive!‹, dachte Jonas verbohrt, ›ich muss! Dort werde ich meine schmachvolle Niederlage erleiden, aber ich werde sie tragen wie ein Mann. Ich muss nach Ninive. Ich hab's einfach satt.‹

Der Mann mit der Pelzmütze hatte sich wieder genähert. »Ich weiß nicht, was mich treibt«, sagte er verdrießlich, »aber da du nach Ninive *musst* – vielleicht haben wir auch Glück«, er bog sich vertraulich vor, »wie viel?«, fragte er flüsternd.

»Zweihundert«, sagte Jonas.
»Mein Leben war schon weniger wert«, sagte der andere heiter, »als ich vor zwei Wochen auf der Leiter stand, hätte keiner auch nur mehr einen alten Hut für mich gegeben. Also mach dein Geld locker, Fremder. Und halte dich bereit, morgen früh um fünf!«
Jonas grinste. »Du hältst mich für noch dümmer, als ich aussehe, das will viel heißen. Geh, lass dich nicht auslachen!«
Der andere blickte zu Boden und biss sich auf die Lippen. »Gut!«, sagte er endlich, »gib das Geld Simeon – er wird's mir geben, wenn ich wiederkomme. Und morgen früh um fünf!« Er nickte Jonas kurz zu und ging schnell hinaus.
Jonas öffnete den Mund zu einer Frage, merkte jedoch an dem gespannten Gesichtsausdruck des alten Schenkwirts, dass dieser nur darauf brannte, eben diese Frage zu beantworten. Deshalb gab er dem Alten schweigend den Beutel, zog den Gürtel enger und ging in den Stall, wo die Reisenden schliefen.

»Wer nach Dingen fragt, die ihn nichts angehen …«

Die Maultiere erklommen die steinigen Hügel und Geröllhalden, rutschten und stolperten durch die Schluchten, Jonas und sein Begleiter, der voranritt, hatten noch keine zwei Worte gewechselt. ›Ich bin unter einem unguten Stern geboren‹, dachte Jonas desolat. ›Zuerst – ich tauge zu nichts, hab keine Ahnung, was ich werden will, werde getreten, nach Ninive zu gehen und mich unbeliebt zu machen, werde ins Meer geschmissen, ein Fisch verschluckt mich, speit mich wieder aus, lauter solche ekelhafte Sachen und Geschichten, und – was das Schlimmste ist – ich habe Esther verloren! Das hätte Er mir lassen können!?

Je nun, das wird mir meine Philosophie stärken – und vielleicht ist das die beste Voraussetzung, um ein vollkommener Prophet zu werden. Natürlich, wenn *ich* nichts mehr zu verlieren hab, kann ich gut Leute auffordern, ebenfalls allen Tand der Welt von sich zu tun und ebenso arm und sündlos und gut und rein zu werden, wie ich's bin!‹

Er lächelte höhnisch. ›Und nun reite ich hier durch diese verfluchten Felsen, weil's mich Esel ja treibt, mich in Ninive mit Dreck schmeißen zu lassen ... Nein! – Weil ich einfach meine ganz verdammte Ruhe haben will! Ich hab gar nicht vor, auf der Leiter zum Himmel ein paar Sprossen ...‹

»He! Du!«, rief er seinen Begleiter an.

Der Mann mit der Pelzmütze wandte sich kaum um.

»Ah?«, sagte er nasal über die Schulter. »Fehlt dir was?«

»Warum bist du eigentlich auf der Leiter gestanden, vor zwei Wochen? Was für eine Leiter?«

Der andere wedelte unbestimmt mit der Hand. »Unterm Galgen, Lieber«, sagte er gewinnend, als wolle er dadurch die Sache mildern, »nimm dich in acht! Wer nach Dingen fragt, die ihn nichts angehen ...«, zitierte er.

»Und warum!«, fragte Jonas, obwohl er es sofort bereute, es eigentlich schon bereut hatte, ehe er es fragte.

»Mord!«, sagte der Mann mit der Pelzmütze. Er wandte sich im Sattel um und sah Jonas lächelnd und liebenswürdig an.

»Raubmord. Wünschest du noch etwas zu wissen?«

Jonas brach in ein Gelächter aus. Der andere stutzte

einen Moment, dann lachte er auch, in harmloser Ironie.
»Nein!«, sagte Jonas, »jetzt bin ich völlig beruhigt. Sind deine Interessen auch die der Banditen hierherum? Oder bist du ein eigenes Unternehmen?«
Sie ritten gerade an einer hohen Wand entlang, der Weg war schmal, rechts fiel die Schlucht steil ab. Jonas hatte noch kaum ausgesprochen, als ein ziemlich dicker Stein die Wand herunterkam und den Mann mit der Pelzmütze am Kopf traf. Er stöhnte nur leicht und fiel über die Schulter des Maultiers nach vorn, überschlug sich und rutschte den Steilhang herunter. Er war ganz blass, aus seinem Mundwinkel sickerte Blut. Jonas sprang ab und rutschte vorsichtig den Hang hinab, zu dem Mann mit der Pelzmütze. Er legte sein Ohr auf die Brust des Mannes, um den Herzschlag zu hören, aber er hörte nur das Klopfen seines eigenen Herzens. Als er aufschaute, sah er an den verdrehten Augen, dass der andere tot war.
Es war, wie der Mann mit der Pelzmütze, der nun da tot lag mit einem erstaunten und ironischen Gesichtsausdruck, es war, wie der Tote prophezeit hatte: Jonas hatte keine Zeit, sich zu fürchten; denn ehe er noch begriffen hatte, was hier geschehen war, sauste ein zweiter Stein von der Wand herab und traf Jonas an der Schulter. Er griff nach einem Halt, mit einem komischen kleinen Seufzer, so wie der andere, und rutschte, sich überschlagend, fest an den Toten geklammert, mit diesem den Hang hinab, bis an das Ufer des kleinen kümmerlichen Gebirgsbaches. Er sah nicht mehr, wie behende, magere, in Felle gekleidete Männer die Wand herunterkamen an Seilen und den Hang hinunterrutschten zu ihm hin; er fühlte nicht mehr, wie sie ihn unsanft auszogen und den anderen auch; und er hörte nicht mehr, wie sie den

Hang wieder hinaufkletterten und sich ohne viele Worte mit den Maultieren und ihrer mageren Beute entfernten.

Allein

Jonas saß splitternackt am Rande des kleinen Baches und kühlte seine Schulter. Er war wie zerschlagen. Den ganzen Nachmittag hatte er Steine geschleppt, um den Toten zuzudecken, und hatte nur ab und zu am Bach seine Schulter gekühlt oder Wasser getrunken, in Ermanglung eines Besseren.

›Am besten, ich mache für mich auch gleich einen Steinhaufen und erwarte darunter mein Ende. Es scheint, dass es mir vorbestimmt ist, stückweise zu sterben. Ein bisschen ertrinken, dann wieder bisschen erschlagen werden, dann bisschen verhungern… Vorher will ich mich aber dem verdammten Ninive noch so weit als möglich nähern. Ausrauben kann man mich nicht mehr, und ob ich nun nochmal erschlagen werde oder verhungere, ist mir auch egal … Ich bin so müde wie ein alter Mann …‹ Er erhob sich, nahm nochmal einen Stein überm Gesicht des Toten weg und sah ihn eine Weile an. »Leb wohl, du«, sagte er, »eil dich nicht so. In drei bis vier Tagen …«

Er deckte den Stein sorgfältig wieder drauf, kletterte den Weg hinauf und ging in der Richtung nach Ninive weiter. In der Nacht schlief er schlecht und unbequem in den unteren Ästen eines alten Baumes; er träumte wirre Sachen und hörte unterm Baum das Schnaufen und Scharren wilder Tiere, die sich erst gegen Morgen wieder entfernten.

Jonas wanderte mühselig durch das Gebirge. Seine

Hände und Füße waren von Dornen und spitzen Steinen zerrissen und entzündet und bluteten. Schreckliche Schmerzen zogen ihm die Eingeweide zusammen. Er fror und schwitzte abwechselnd und hatte einen ekelhaften Geschmack im Mund. Niemand begegnete ihm; einige Raubvögel kreisten über den Tälern und Schluchten, und ihr heiserer Schrei war neben dem einförmigen Geglucker von Bächen das Einzige, was er zu hören bekam.
Gegen Mittag des nächsten Tages wurde Jonas von einem Gewitter überfallen; ein wüster Sturm fegte über die Kämme und Pässe und heulte in den Schluchten. Die Bäume ächzten und schüttelten sich, Sand und Laub wirbelte durch die Luft, ein kalter Regen peitschte den zähneklappernden Jonas, der sich mühsam und nach Luft ringend durch das Unwetter schleppte. Nach einigen Stunden verminderte sich die Heftigkeit des Sturms. Nur der eintönige Regen blieb, und Jonas musste diese Nacht in einem nassen Baum zubringen. Kälteschauer überliefen ihn, er konnte sich nicht ausruhen, geschweige denn schlafen, und als er am Morgen herunterkletterte, war er blauviolett gefroren und konnte sich kaum rühren. Am Abend dieses Tages fing er an zu taumeln. Rosa und gelbe Schleier lagen vor seinen Augen; er fing an, irre Reden zu führen, und verlor schließlich gänzlich das Bewusstsein dafür, aus welchem Grunde er sich hier in den Bergen befand. Einmal glaubte er, in Gath-Hepher zu sein, und war auf dem Weg, Esther zu besuchen, und er konnte die Tür nicht mehr finden. Er klopfte sich an den unbarmherzigen Steinen die Knöchel wund, aber niemand öffnete ihm, und er lehnte eine Zeitlang mit der gesenkten Stirn an der Felswand, unfähig zu begreifen, warum man ihm so übel mitspielte.

Dann plötzlich befiel ihn der Gedanke, er müsse zu Ismael gehen und ihm ein halbes Brot bringen, das er mitzunehmen vergessen hatte; er trug einen Stein in der Hand und taumelte seines Wegs, und der Stein schien ihm ungeheuer schwer; aber da stand ja Ismael, ganz nah, und er stürzte hin zu ihm mit dem halben Brot und wollte ihn umarmen. Aber das war nur ein nasses und stachliges Nadelgehölz, und Jonas stand wieder ratlos und leise schwankend auf dem schrecklichen Weg mit einem traurigen, irren Lächeln.
Das dritte Mal sah Jonas plötzlich vor sich her einen Wagen fahren, und er wusste genau, das war sein Großvater, König Jerobeam, der da fuhr, und er musste sich beeilen, wenn er ihn noch erreichen wollte, und das wollte er. Aber so sehr er auch hastete, er konnte den schönen Wagen nicht einholen, in dem der König saß, dessen weißer langer Bart wie eine Fahne flatterte. Jonas übersah eine Baumwurzel, die über den Weg lief, und während er fiel, platzte plötzlich der Wagen in eine Wolke von Licht, und dann wurde es ganz dunkel.

Ninive

Mirjam

Ein großer Hund mit langem Fell und glänzenden schwarzen Augen setzte sich neben Jonas, und Jonas seufzte glücklich, weil er ihn wärmte. Der Hund hatte schwarzes Fell ums Maul, und seine Nase war gar nicht hundeähnlich, aber es musste doch wohl ein Hund sein, denn er hatte ein Hundefell. Aber auf einmal sprach der Hund, er sprach wie ein Mensch, und seine Stimme ähnelte der des Soldaten auf dem Weg nach Lod. In Jonas' armem Kopf begann es zu kreisen, denn nur in den Märchen sprechen die Tiere, aber das war schon lang her, dass er Märchen erzählen gehört hatte, und er hatte es nie geglaubt, dass es das alles gibt. Aber der Hund sprach, also gab's das doch ... Der Fellbewachsene nahm den armen, schwachen Jonas wie eine leichte Feder vom Boden auf und trug ihn, vorsichtig und geschickt, wie eine wilde Ziege von Stein zu Stein springend, davon. Jonas überließ sich dem Gefühl des Schwebens, sein Kopf hing herab über den Arm des Haarigen, und er sah aus halbgeschlossenen Augen auf die hüpfenden Berge und Schluchten, die Bäume und die zerrissenen Wolken. Die schneidende Helle des Himmels blendete ihn, er schloss die Augen, etwas streifte seinen Kopf, und plötzlich umfing ihn warme Dämmerung.

»Hier, Mirjam!«, sagte der Fellbewachsene, »ein armes Bündel Knochen und Haut. Vielleicht wird er wieder, sieh mal zu. Scheint am Verhungern zu sein; wärm ihn erst mal ordentlich auf!«

Er legte Jonas auf ein Lager von Fellen und wollenen Decken, das die ganze Rückwand des Zeltes entlanglief, und ging wieder hinaus zu seiner Herde. Das Mädchen rückte dicht an Jonas heran und packte ihn bis übern Hals mit Fellen ein, wobei sie zu ihm sprach wie zu einem verlorengegangenen Kind.

»O mein armes Täubchen, wie kalt du bist! Aus welchem Nest bist du gefallen, wer hat dich so zugerichtet? Wie bist du elend und zerschunden, und wie heiß ist dein armer Kopf!« Und während vieler Tage packte Mirjam Jonas ein und wieder aus, verband seine Hände und Füße, gab ihm vorsichtig zu essen, kämmte seine Haare, küsste ihn, wickelte ihn wieder ein, bewachte seine ersten Schritte und hielt ihn in ihren Armen des Nachts, wenn er schlief. Sie nähte ihm ein Kleid aus Fellen und berichtete dem schweigsamen Fellbewachsenen die Erfolge ihrer Kur.

Die schöne Stadt

»Das ist Ninive«, sagte der Hirt und zeigte mit der Hand.
Die letzten Strahlen der Sonne vergoldeten die Kuppeln und Türme der wunderbaren Stadt. Ringsherum lagen blühende Gärten, in denen Landhäuser standen. Von dieser Höhe sah die Stadt wie ein kostbares Spielzeug aus. Ihr Lärm klang wie ein dumpfes Rauschen herauf.
Die Herde begann sich zu zerstreuen, ein dicker Hammel stieß Jonas an. Er wandte sich nach Mirjam um, die ihre Last abgesetzt hatte und daneben kauerte.
»Das soll nun alles zerstört werden«, murmelte er, »dieser Reichtum, all die Paläste, alles Gold, alle Edelsteine … Ich war so glücklich bei euch … Nun muss ich da hinuntersteigen und den Tod verkünden. Ich, ausgerechnet ich, der ich jetzt schon verliebt bin in diese schöne Stadt, soll Zeuge sein, wie alles zerstört wird. Ich, der ich ungeschickt bin, soll zum Volk reden. Nach vierzig Tagen wird hier nur noch ein rauchender Trümmerhaufen sein …« Er sah im Geist die letzten verschwelenden Feuer, er roch den Brandgeruch, den Schwefelgestank, er sah all die

jetzt blühenden Bäume verkohlt, ihre dürren Äste gegen den roten, rauchigen Himmel recken, und er fühlte die entsetzliche Stille, die über all diesem lasten würde, eine Stille, in der das Atmen schon wie ein lautes Gedröhn erscheint.
Kein einziges lebendes Wesen würde übrig bleiben, außer ihm. Aber auch für ihn würde es fast besser sein, da unten in Ninive zu bleiben und mit umzukommen. Niemals, das wusste er, würde er diesen Moment jetzt vergessen, das schöne Ninive mit seinen Palästen, wie eine große unregelmäßige Schachtel voll Schmuck, unter blühenden Bäumen halb versteckt, mit seiner Atmosphäre von Heiterkeit, Laster und Reichtum. Nie würde er den Anblick verwinden des zerstörten Ninive, das wie die Hölle sein musste, ein wüster, verlassener Ort von unbeschreiblicher, grausiger Trauer. Und er war mehr als ein Jahr gereist, um dies Unheil heraufzubringen, gegen seinen Willen gereist zuerst und nachher freiwillig, denn er wollte seine Ruhe haben – er stand jetzt hier und wäre am liebsten umgekehrt, nur um nicht das erleben zu müssen. »Denk an die tausendmal schönere Stadt, das Himmelreich!«, sagte der Hirt, wie um Jonas zu trösten. »Denk an die himmlischen Freuden, die die Reuigen erwarten, wo der Wein in Strömen fließt, wo man ohne Krankheit, Hunger, Kälte und Geld ein Leben ewiger Glückseligkeit führt, wo immer Frühling ist, wo man nie an den Tod zu denken braucht ...«
Jonas seufzte. Frühling war es gewesen, als er von daheim wegging. »Du sollst die zerstörte Stadt nicht sehen! Du kommst zu uns nach Mosul. Wir werden dich das alles vergessen machen, du wirst glücklich sein bei uns wie bisher!«, sagte Mirjam. Sie lächelte ihn ermutigend an.

Jonas lächelte auch. »Sehe ich aus wie ein Prophet?«, fragte er. »Bemerkt man bereits das Feuer meiner Beredsamkeit? Ist mein Äußeres überzeugend?« Die beiden betrachteten ihn zweifelnd. »Du wirst es schon können ... und dann, ich versteh gar nicht, wende dich doch an Gott?! Er hat dich bis hierher gelotst, Er wird dir auch weiterhelfen!« Jonas machte eine hoffnungslose Handbewegung und stieg den Weg nach Ninive hinunter.

Die Predigt

Jonas stieg auf den Brunnenrand, der in der Mitte des großen Platzes stand. Über dem Becken lag ein schönes schmiedeeisernes Gitter, schön wie alles in dieser Stadt. Er trödelte nun schon seit zwei Tagen hier herum, er hatte sich ernährt mit all dem Schönen, dem Fremdartigen, dem Reichen, dem Zweifelhaften; und jetzt war es also so weit, er musste reden. Ein kalter Schauer lief ihm den Rücken hinab, es würgte ihn im Hals, aber er war zum Reden hergekommen, er musste, und jetzt stand er auf dem Brunnen, es gab kein Zurück.

»Ihr Leute von Ninive!«, begann er nicht sehr überzeugend. »Ihr Leute von Ninive! Gott schickt mich zu euch, um euch zur Buße anzutreiben ...« Ein paar Leute, die bei seinen ersten Worten stehengeblieben waren, wandten sich achselzuckend ab und gingen weiter. ›Ich schwimme!‹, dachte Jonas verzweifelt, ›ich verliere den Boden, ich werde es nie können!‹ Er wusste nicht, was er weiter sagen sollte, denn er hatte es sich nie überlegt und das bisschen, was er allenfalls noch gewusst hatte, fand er nun nicht mehr. Sein

Blick irrte über die Gaffer und Eckensteher hin, die in kleinen Gruppen auf dem Platz standen. Und unter ihnen erkannte er plötzlich, klein und bescheiden, den Diener Gottes.

In Jonas kochte ein heißer Zorn. Der Mann stand so ruhig da, als hätte er niemals irgendwem auch nur das geringste Böse getan, und lächelte so engelhaft und sanft, dass Jonas sich versucht fühlte, ihm irgendwas ins Gesicht zu werfen, nur um dieses aufreizende, schreckliche Lächeln zu zerstören. Die Wut gab Jonas Worte. »Wehe Ninive!«, schrie er, »wehe Ninive! Drei Mal Wehe!« Seine Stimme gellte über den Platz, die Worte fuhren wie Pfeile über die Menge, die Leute blieben stehen. Jonas sprach, und er sprach wie nie in seinem Leben: »Wehe dir, Ninive, wehe dir! In Sünden und Lastern hast du deine Tage verbracht, du hast Reichtümer aufgehäuft und im Vergnügen und Verprassen dein Heil gesehen; du hast Kriege geführt und Sklaven gemacht und immer nur danach getrachtet, deine Schätze zu mehren. Du hast die Langmut deines Gottes missbraucht, du hast seine Ohren mit deinem ewigen Festgelärm ermüdet, und deine Laster stinken auf zum Himmel wie Aas. Wehe dir, du Schöne! Wehe dir, du Glänzende! Gott wird seinen Zorn über dich ausschütten, und von dir wird nichts übrig bleiben als ein schlechter Nachruf!

Als ich über das Gebirge kam, sah ich in einer Schlucht einen unendlichen Zug von Ratten und niedrigen Tieren, Wanzen, Läusen, Asseln und Kakerlaken, die in wunderbarer Ordnung einherzogen.

›Wohin geht ihr?‹, fragte ich sie.

›Gott schickt uns nach Ninive, das vernichtet werden soll!‹, erwiderten die Tiere …

Ich schauderte, wenn ich daran dachte, wie sich hier

die Häuser mit all dem Ungeziefer füllen würden, wie es in den Küchen und Kellern, in den Betten und Schränken, in den Bechern und Tellern, in den Kleidern und Mützen sich tummeln und die Bewohner der Stadt quälen würde.«

Jonas log weiter mit grimmiger Freude: »Etwas später begegnete ich einer Unmenge von Schlangen, Kröten, Molchen und ähnlichen Wassertieren. ›Wohin geht ihr?‹, fragte ich sie. ›Gott schickt uns nach Ninive, das vernichtet werden soll!‹, antworteten die Tiere ...«

Jonas begann in glühenden Farben auszumalen, wie die Tiere hier in der Stadt ihr Unwesen treiben würden, und er bemerkte nicht ohne Befriedigung eine gewisse Unruhe bei seinen Zuhörern.

»Und kurz vor Ninive«, fuhr er fort, »sah ich den Himmel offen. Und ich sah Pech in großen Kesseln sieden, ich sah Schwefel in riesigen Fässern, und ich sah Engel, furchtbar anzuschauen und ganz schwarz vor Zorn, und ich rief: ›Was siedet ihr da oben, o ihr Engel Gottes?‹

Da antwortete mir einer, der eine lederne Schürze trug und furchterregend aussah, mit einer Stimme wie die Posaune des Jüngsten Tages: ›Wir richten das Bad für Ninive, die Stadt des Lasters, der Schande, des Wuchers, des schmutzigen Reichtums; wie eine Hure, die man mit Pech beschmiert und davonjagt, soll Ninive in Pech und Schwefel gewälzt und vernichtet werden, vertilgt von dieser Erde, und ihre Ruinen sollen ein ewiges Denkmal, ein Schandmal sein für alle Völker und alle Zeiten!‹

So sprach der Engel zu mir. Und als er sah, wie ich meine Haare raufte vor Mitleid, und hörte, wie ich jammerte und schrie, da ließ er die Erde sich öffnen vor meinen Füßen, und ich sah einen unermesslichen Pfuhl, in dem sich Menschen in scheußlichen Qualen wanden, von schlimmen Dämonen gefoltert, und der Engel sprach zu mir: ›Siehe, das sind die Leute von Ninive!‹

Ich aber schrie abermals und fragte den Engel: ›Was sollen sie tun, um diesem Gericht zu entgehen?‹

Und der Engel sprach: ›Eile nach Ninive und rufe sie zur Buße auf, vielleicht dass sie sich bessern. Die Stadt ist nicht zu retten, aber ihre Seelen vermögen sie vielleicht zu reinigen und in Sicherheit zu bringen!‹

Wehe dir, Ninive, du Schöne in deinem Reichtum! Mit deinen Schätzen, die Verbrechen bedecken, mit deinen Blumen, unter denen sich Laster verbergen, mit deiner Musik, die das Ächzen der Sklaven und Gefangenen übertönen soll!

Wehe euch, ihr Kaufleute und Händler! An jedem Groschen, den ihr sammelt in euren Gewölben und Kellern, klebt das Blut der armseligen Bauern und kläglichen Taglöhner, und sein Klang ist das Stöhnen der ausgemergelten Lastträger, die auf steinigen, mit Dornenbüschen bewucherten Pfaden die Lasten unter Mühsalen heranschaffen und die unter ihnen zusammenbrechen mit einem letzten Fluch, und der heißt Ninive!

Wehe euch, ihr Söldner und Hauptleute, die ihr die Ruhe des Staates aufrechterhaltet, indem ihr die anderen Städte beunruhigt, ihr, die ihr brennend und mordend durch das Land zieht und auf euren Pfaden Leichen zurücklasst und Verwüstung; die ihr den Tod umherstreut und Gold dafür sammelt, wehe euch! Die Räuber in den Bergen sind besser als ihr! Ihr lehrt den Mord als ein Handwerk, ihr tötet den armen Hirten für einen goldenen Ring, die alte Frau für einen Armreif, ihr schindet die Bauern und schändet

ihre Weiber, und die Seelen eurer Untergebenen verderbt ihr durch euer lästerliches Beispiel!«
(›Dazu hat man nun einen Vater, der General ist‹, dachte Jonas.)
»Gott wird euch das Schwert aus der Hand winden und euch damit schlagen, und er wird euch zeigen, wer der bessere Kämpfer ist!
Wehe euch, ihr Weiber und Jungfrauen von Ninive! Was nützet euch eure Schönheit, wenn ihr dumm seid und euer Geist dunkel, wenn euer Herz böse ist und eure Seele schwarz? Ihr Weiber, die ihr eure Töchter verderbt und verkauft, ihr Mädchen, die ihr euch anbietet wie die Huren auf dem Markt?! Ihr Mütter, die ihr eure Kinder fluchen lehrt, ehe sie beten können, und ihr Kinder, die ihr ins Bordell lauft, statt in die Schule? Gott ist unbarmherzig und wird euch belohnen nach eurem Verdienst. Er wird euch abwürgen wie der Schlächter die Tauben, und sein Zorn wird fürchterlich sein. Er wird den alten Mann treffen, der sich den Tod wünscht, und das Kind, das noch nicht weiß, dass es lebt; er trifft die hohlen, aufgeblasenen Gelehrten in den Schulen, die die geraden Geister der Jugend verbiegen und in ihre schlechten Formen pressen; er vernichtet die niedrigsten Türsteher und Gassenfeger wie die höchsten Beamten, die durch Bestechlichkeit zu Reichtümern gelangen; er straft die Priester, die in eitel Wohlleben ersticken und ihre Diener verhungern lassen oder zu Dieben erziehen; und hat kein Mitleid mit den Damen, die sich für ihre Liebe bezahlen lassen.
Alle Diener, die ihre Herren bestehlen; Herren, die ihre Diener ausnützen; Mädchen, die ihre Liebhaber betrügen; Männer, die ihre Weiber hintergehen; betrügerische Handwerker; lasterhafte Knaben; verdorbene Kinder, die ihre Eltern schlagen; Eltern, die ihre

Kinder zuschanden prügeln, sie alle wird der Herr vernichten, und er wird nicht *einen* übrig lassen, dass er davon erzähle!«

Was Jonas da sagte, war durchaus nicht neu; es war nicht geistvoll und nichts weniger als tief. Aber wie er es sagte, wie er dabei aussah, in Felle gekleidet auf dem Brunnenrand stehend, beinahe unbeweglich, die Hände im Gürtel, alles das war ungeheuer eindrucksvoll, und es sammelten sich immer mehr Leute auf dem Platz um den Propheten, während die Nacht langsam herabsank.

»Ihr habt Gottes Wohltaten angenommen und die Vorteile, die euch dieses fruchtbare Land verschafft, aber ihr habt ihm nicht dafür gedankt, sondern seine Gebote mit Füßen getreten. Ihr habt vergessen, dass Gott ein unbestechlicher, unbarmherziger und gerechter Richter ist, der alles sieht, der eure verborgensten Taten kennt und der nie vergisst und der euch vernichten kann, so wie ihr eure Seele, sein kostbarstes Geschenk, dumm, böse und tölpelhaft vernichtet habt.

O ihr Leute von Ninive! Ihr schwelgtet in irdischen Genüssen – warum gedachtet ihr nie der himmlischen? Wollt ihr es leugnen, dass euch oft eine würgende Angst beschlich, eine Angst, die eure Freuden vergiftete, die den Wein bitter machte und die Speisen, und euer Herz trostlos und leer? Warum dachtet ihr da nicht an Gott, der darauf wartete, euch wieder aufzunehmen, euch zu verzeihen? Du, der du deinen Nächsten bestiehlst, ist dir das Geld wertvoller dadurch, bist du glücklich? Du, der du deinen Nächsten zum Hungern zwingst, kannst du mehr essen, bist du glücklich?

Und du, der du deinen Nächsten betrügst mit seinem Weib, oder du Weib – könnt ihr einander mehr lieben, seid ihr glücklich? Oder aber du, der du deinen Feind, der um Gnade fleht, erschlägst, der du deinen Nächsten plagst und schindest, bist du ein größerer Held? Bist du glücklich?

Vielleicht seid ihr's, solang du das Geld klingen hörst, solang du das Essen vor dir siehst, solang ihr beieinander seid oder wenn man deine Brust mit Orden schmückt. Aber, wenn ihr allein seid, des Nachts oder Tags, wenn euch niemand und nichts unterhält, dann hört ihr das Todesröcheln der Ermordeten, das Schluchzen des betrogenen Freundes und seht die Verzweiflung des Bestohlenen und die Krämpfe des Verhungernden. Und ihr seid *allein, so allein,* und niemand, der euch helfen kann!«

Ob es die Kühle des Abends war oder Jonas' Worte, die Leute schauderten und hie und da schluchzte jemand.

»Ninive, o Ninive! Du hast nichts mehr zu verlieren. Du hättest ein Kleinod Gottes sein können, du aber wolltest ein Spielzeug des Teufels sein. Du warst ein junger Krieger, ein Streiter des Herrn, und bist zum Heerführer der Hölle geworden. Du warst ein Gefäß voll kostbarer Wohlgerüche und hast dich zum Topf eklen Unrats gemacht. Ninive, o Ninive! Du Reiche, du Prächtige, du Verbuhlte, du hast nichts mehr zu verlieren. Du sollst das bleiben, was du sein wolltest – ein Spielwerk des Teufels, ein General der Dämonen, ein Pfuhl von Unrat. Du wirst deinen Lohn empfangen und samt allem, was in dir ist, zur Hölle fahren! Kein Stein wird auf dem anderen bleiben, und wenn nach vielen Jahren Leute durchs Gebirge an deinen verkohlten Trümmern vorbeikommen, so werden sie schneller gehen und leise zueinander sagen: ›Das *war* Ninive, die Stolze, die Gott gestürzt hat, wie er es mit allen tun wird, die seine Güte missbrauchen und seine Gebote schänden! – Ninive, du hast nichts mehr zu verlieren. Dein Leben hast du verwirkt, deinen Reichtum, deine Schätze. Ninive, denke, dass du einstmals eine Seele hattest; denke, dass Gott denen verzeiht, die bereuen und Buße tun. Ninive, tue deine prunkenden Gewänder von dir, wirf deinen Schmuck weg, lass deine Musik verstummen und das Klirren der Becher, lass die Feuer ausgehn und streue Asche auf dein Haupt!

Tue Buße, Ninive, und rette, rette das Letzte, das Kostbarste, was dir noch bleibt, rette deine unsterbliche Seele vor der ewigen Verdammnis, vor dem Ort ewiger, unsäglich qualvoller Trauer.

Ich rede zu euch nicht von dem Schmerz, den ihr eurem Gott zugefügt habt durch eure Sünden, nicht von seiner Liebe, die ihr gekränkt habt; ihr, die ihr nur euch selbst liebt, wie solltet ihr Gott lieben? In vierzig Tagen, so spricht Gott, wird Ninive untergehen. Vierzig lange Tage, vierzig verzweifelt kurze Tage, um aufzubauen, was ein Leben lang zerstört, um zu zerstören, was seit Jahrzehnten aufgebaut! Leute von Ninive, das ist eure letzte Frist. Wenn sich eure Brunnen mit Schlangen und ekelhaftem Getier füllen, wenn eure Häuser von Ungeziefer wimmeln, wenn es Blut und Asche regnet und später Feuer und Schwefel, dann ist es zu spät.

Ninive, o Ninive, du hast nichts mehr zu verlieren, du kannst nur noch gewinnen!

Ninive, o Ninive, gewinne deine unsterbliche Seele!

Tuet Buße, ihr Leute von Ninive! Ich bin der Prophet, den Gott geschickt hat. Gott spricht durch mich zu Ninive!

Höre, o Ninive, höre die Stimme deines Gottes, deines Herrn! Noch zwei Tage, und ich werde den Staub von meinen Füßen schütteln, und ich verlasse dich

und überantworte dich deinem Schicksal, du schönes und falsches, stolzes und heuchlerisches, glänzendes und klebriges und ach! so unglückliches Ninive!
Tue Buße, o Ninive, tue Buße!«

Die Nacht war hereingebrochen. Jonas stand noch eine Weile schweigend auf dem Brunnen. Nichts regte sich, ab und zu hörte man eine Frau oder ein Kind schluchzen.

Jonas stieg vom Brunnen, und ohne die am Boden kauernden oder gedrückt beieinanderstehenden Leute zu beachten, ging er mit heißem Kopf und dem kalten Hochmut der Propheten durch sie hinweg.

›Wenn *das* Eindruck macht‹, dachte er höhnisch, ›dann soll mich der Teufel holen!‹

O Bruder Mensch

Der Garten am Berg

Jonas stieg müde an einem Berghang gegen Westen empor, trat in einen der vielen, jetzt verödet liegenden Gärten und ließ sich ins hohe Gras fallen. Diese letzten Tage in der Stadt hatten ihn zur Verzweiflung gebracht.

›Ich hätte nie gedacht, dass mir auch nur *einer* zuhört, geschweige denn mein Gerede so ernst nimmt!‹, dachte er unglücklich. ›Und jetzt ist das Malheur so groß, dass es nur ein Glück ist, wenn Ninive tatsächlich vernichtet wird!‹

Er schloss einen Moment die Augen, dachte an die Straßen, die verödet lagen, die Kaufhäuser, in denen

sich niemand mehr regte, er dachte an die vertrockneten Blumen in den Gärten, an die Mädchen und Frauen, die ihre Haare nicht mehr lockten und die ihre schönen Kleider und Schminktöpfe aus den Fenstern geworfen hatten, in die Gossen, welche sich mit Unrat füllten und in denen sich die Schweine wälzten, auf die niemand mehr achtgab, denn alles tat Buße.
Die Leute lagen auf den Knien und schrien um Gnade, sie streuten Asche auf ihr Haupt und wuschen sich nicht mehr, sie legten ihre Prunkgewänder ab und zogen unkleidsame, scheußliche Säcke an. Der Festlärm war endgültig verhallt, niemand sang mehr, und wenn ein Geräusch die öde Stadt belebte, so war es eine Bittprozession, die mit schrillem Pfeifen und aufregendem, monotonem Trommeln, mit Wehgeschrei und Schluchzen durch die hallenden Straßen zog.
›Was für ausgehöhlte, zerbrechliche Gebilde das sind, die Stadt und ihre Leute‹, dachte Jonas, ›ich verstehe das nicht. In Gath-Hepher hätten die Leute mich ausgelacht, und hier, wo Reichtum und Verstand herrschen, fallen sie auf den erstbesten Schreier herein. Tatsächlich, ich muss verflucht sein, dass ich das auf dem Gewissen hab!‹
Er öffnete die Augen und blickte in den sommerlichen Himmel über sich. Er stöhnte. ›Ich, ausgerechnet ich muss zusehen, wie sich alles in abstoßende Hässlichkeit verwandelt! O Ninive, es wäre mir lieber gewesen, ihr hättet mich gesteinigt!‹
Er erhob sich und sah auf die Stadt herab. Da lag das schöne Ninive, die gleiche Stadt, die er vor fünf Tagen, von Osten kommend, so bewundert hatte. Aber jetzt lag nicht mehr der goldene Dunst von Reichtümern und fremdartigen Sitten, von Kühnheit und Lastern über ihr, und man hörte nicht mehr das Rau-

schen, das die Stimmen der vielen Menschen, die Wagen, die Tiere hervorbrachten, die durcheinanderfluteten, handelnd, lachend, mit Geschrei und Pfeifen und Räderrollen und Gequietsche.

Jetzt lag die Stadt wie tot, kein Rauch stieg aus den tausenden von Kaminen auf, und Jonas wunderte sich, wie er sie hatte jemals golden finden können, die Stadt; sie war ganz grau, und es war eine durchaus gewöhnliche Stadt. Und man hörte bis hierherauf das schreckliche, rastlose Lärmen der Prozessionen, das trostlose Klappern und Trommeln, das schrille, scharfe Pfeifen.

Hinter Jonas schrie etwas kläglich. Er fuhr zusammen.

›So blöd bin ich bereits!‹, dachte er wütend. ›Weil da zwei alberne Vögel in einem Käfig schreien, ehe sie verhungern, erschreck ich schon!‹ Er öffnete den Käfig und ließ die Vögel fliegen. Sie flatterten unsicher in einen Pfirsichbaum und begannen, die Früchte zu zerhacken. Jonas hob sein Brot und seine Wasserflasche vom Boden auf und stieg weiter in den Garten hinauf.

Angelehnt an die weiße Mauer fand er eine aus Stangen gebaute Hütte. Der Boden war mit Thymian bewachsen, es war eine Art Bett darin. Hier pflegten die Besitzer des Gartens fröhliche Feste zu feiern, sie schickten ihre Diener voraus, die alles mit Teppichen und Polstern belegten, die gute Dinge zum Essen mitbrachten und riesige Krüge mit Wein; die den Garten sauber hielten und das Gras kurz; die die Vögel fütterten und jeden Tag mühsam Wasser herauftrugen für die Fische in dem kleinen Becken, die jetzt schon vertrocknet und zusammengeschrumpft in der heißen Sonne auf dem Boden lagen.

Aber die Herren kamen nicht mehr, die taten Buße

unten in der Stadt, und sie schickten ihre Diener nicht mehr, die mussten auch Buße tun. So hatte Jonas ungestört fünfunddreißig Tage Zeit, in der Hütte zu wohnen. Hier wollte er das Gericht über Ninive abwarten. Eine üppige Kürbisranke wuchs auf dem Dach der Hütte, kletterte über die Stangen und verflocht sich hinein.

Als er sich auf der harten Bank ausstreckte, entdeckte Jonas an der weißen Mauer die Reste eines mit Kohle geschriebenen Gedichtes:

So unbegreiflich schön, und so unendlich süß
ist unsre Liebe,
… nicht ohne Dich am Leben bliebe,
Darum soll keine Ma … der … de,
nur der Tod uns trennen,
Wie konnte siebzehn Jahre alt ich werden,
ohne Dich zu kennen?!

Dieses vortreffliche Poem gab Jonas einen Teil seiner Heiterkeit wieder. Und während man unten in der Stadt Scheiterhaufen anzündete, um kostbare Stoffe, Teppiche, Gemälde, Schriftrollen und Möbel zu verbrennen, während man Schmuck zerstörte und in die Kloaken warf, während man Buße tat und fastete und betete und schrie und wieder fastete und betete, lebte Jonas mehr als einen Monat still und beschaulich unter einem schlechten Gedicht an der Wand und einer guten Kürbispflanze auf dem Dach, und er ernährte sich von den Früchten des Gartens.

Das Strafgericht

›Warum das Ding hier vertrocknet ist, begreift auch kein Mensch!‹ Jonas stieß böse mit dem Fuß an die

Reste der Kürbispflanze, die einst so schön seine Hütte beschattet hatte und jetzt verdorrt war und trocken raschelte. ›Aber es passt zum Ganzen. Ich bin auf einen ganz gottverfluchten Schwindel hereingefallen, und das hier soll wohl heißen, dass meines Bleibens nicht länger ist. Naja, ich geh schon. Der Eigentümer dieses Gartens, der glutvolle Dichter, wird ohnehin nicht mehr lange auf sich warten lassen. Ich hör das Gebrüll ja bis hierherauf. Gott hat Ninive verziehen! *Jetzt* liegt mir nichts mehr daran, gesteinigt zu werden!‹

Gott hatte Ninive verziehen, so schien es. Jonas hatte an dem anberaumten Tag gewartet, noch einen Tag, noch drei Tage. Nicht mal ein Gewitter hatte es gegeben!

In der Stadt hatte schon niemand mehr gewagt zu reden, man hatte nicht mehr getrommelt und geschrien; die ganze scheußliche Musik hatte aufgehört. Nun war die Stadt ganz ruhig und tot; man hatte sogar die Brunnen laufen gehört bis hierherauf. Und dann kam nichts. Einfach nichts. Das, was jetzt so notwendig dazugehört hätte, um das Werk zu vollenden, wovon Jonas gesprochen, wofür er genug ekelhafte Dinge ertragen hatte – das kam nicht. Gott hatte ihn belogen. Gott hatte … Aber vielleicht war es der sonderbare Kerl gewesen?! ›Ich hätte doch auf meine Familie hören sollen‹, dachte er höhnisch, ›na, wenn schon, jetzt ist's zu spät. Ich war aber auch ein Narr! Wie konnte ich annehmen, dass Gott mich zum Propheten erwählt! Ich bin einem bösartigen Witzbold aufgesessen. Trotzdem … Irgendwas stimmt da doch nicht …, sonst hätte doch niemand auf mich gehört … Aber die sind eben noch verrückter als ich. Was *hab* ich für einen Unsinn geredet, und sie haben vierzig Tage lang Buße getan … Mir tut nur der arme Kürbis leid, war so eine nette, höfliche Pflanze, und nun ist sie hin!‹

»Hallo Jonas!«, sagte jemand hinter ihm, und Jonas wandte sich nicht um, er blieb wie festgewurzelt stehen, denn er wusste, wenn er sich umdrehte, würde er niemand sehen, denn DAS WAR GOTT, DER DA SPRACH.

»Hallo Jonas«, sagte Gott, »du wolltest mir was sagen?«

Jonas schwieg, er runzelte die Stirn und starrte auf die Kürbispflanze.

»Da stehst du nun und starrst auf dieses Gewächs!«, sagte Gott mit leiser Bekümmernis. »Du beklagst den Kürbis, den du nicht mal selber großgezogen hast, der über Nacht aufgegangen ist und ebenso schnell verdorrte. Und du willst, ich soll nicht Ninive, die große Stadt, beklagen und ihr verzeihen, Ninive, die voll ist von Geschöpfen, die ich erschaffen habe, und voll mit Tieren? Du wirst doch nicht im Ernst mehr Kummer über diese Pflanze, wie es tausende gibt, empfinden als Mitleid mit Ninive, dieser schönen und kostbaren Stadt, wie du nie wieder eine findest?« »Nein!«, rief Jonas zornig, »nein, ich empfinde kein Mitleid! Hast Du mich nicht nach Ninive geschickt, um sie zur Buße aufzurufen, hast Du mir nicht eine Moralpredigt in den Mund gelegt, dumm und hohl und voll falscher Sittenstrenge, die mich erröten macht, wenn ich an sie zurückdenke? Hast Du mich nicht gezwungen, kalt zu sein und unbarmherzig, denn fürwahr, es wäre barmherziger gewesen, die Leute von Ninive im Unklaren über ihr Schicksal zu lassen! Was gilt eine erzwungene Buße? Glaub nicht, dass sie Buße taten um Deinetwillen oder weil sie ernsthaft ihre Seelen retten wollten. Sie büßten aus Angst vor der Strafe. An diesen Knechtsseelen liegt Dir also was ... Und es wäre in

jedem Fall besser gewesen, Du hättest nicht Dein Wort gebrochen und hättest Ninive vernichtet! Hast Du's Dir mal angesehn, wie das aussieht, da unten? Das verlohnt tatsächlich das Leben nicht. Ninive ist so arm geworden, wie es vorher reich war. Es ist der schlimmste Fall von unvollendetem Kunstwerk, den ich jemals sah! *Ich* habe mich aufgemacht, *ich* bin nach Ninive gegangen, *ich* habe gepredigt. *Du* hast Dein Wort nicht gehalten. *Du* hast Ninive verschont, und Deine Reden von Barmherzigkeit sind kläglich. *Wem* in aller Welt soll man noch Glauben schenken, wenn Gott selbst sein Wort nicht hält? Willst Du Mitleid von einem verlangen, mit dem niemand Mitleid hatte?« ›Verdammt‹, dachte Jonas hierbei und biss sich auf die Lippen, ›das war gelogen. Na, von mir aus!‹
»Sie sollten Buße tun, das war meine Absicht«, sagte Gott gelassen. »Aus welchem Grunde, das war mir egal. Sie haben Buße getan, und ich verzeihe ihnen. Das ist alles. Bin ich dir oder irgendeinem Rechenschaft schuldig? Ich denke doch nicht! Und nur, weil es dir so passt, werd ich doch Ninive nicht zerstören, denk doch mal nach! Das mit dem Teufelholen war ja wohl auch nicht dein Ernst, oder bestehst du auch darauf? Höre, Jonas, ich sehe den Anfang und das Ende aller Dinge. Ich weiß, dass die Leute von Ninive sich sehr schnell von ihrer Buße erholen werden. Sie werden neue Reichtümer aufhäufen und von neuen Lastern und Verbrechen leben. Vielleicht werden zwei oder drei dabei sein, die wirklich gebessert sind und für den Rest ihres Lebens gute Menschen bleiben. Lohnte es sich nicht schon um ihretwillen, die Stadt zu verschonen? Du siehst als Mensch ...«
»Natürlich sehe ich alles als Mensch!«, rief Jonas erbost und stampfte mit dem Fuß auf, »denn ich bin ei-

ner und will auch nichts anderes sein als ein Mensch, und nicht mal ein besonders guter oder edler. Du kannst nicht von mir verlangen, dass ich das alles von Deinem Standpunkt aus betrachte. Ich *will* gar nicht Dein Wissen haben, und wenn ich das Ende aller Dinge sähe, würde es mir grausen, und ich würde mich nicht noch damit brüsten. Für mich gibt's nur eins: Gott schickt Jonas nach Ninive, er will Ninive zerstören. Jonas geht nach Ninive. – Gott zerstört Ninive nicht!«, beharrte er kleinlich.
»Du solltest hier nicht mit dem Fuß aufstampfen«, sagte Gott müde, »der Boden ist ziemlich hart hier, Felsen, das solltest du wissen, und du solltest mich auch nicht unterbrechen, das ist nicht höflich, und das solltest du auch wissen. Schädlich ist beides. Was du da vorbringst, sind die Einwände eines Knaben. Du hast so viel erlebt, auf dieser Reise nach Ninive, du bist kein Knabe mehr. Wer einmal in Todesgefahr war oder sogar oft, so wie du, der ist kein Knabe mehr. Warum lehnst du dich auf, warum gibst du nicht nach? Wenn du gar nichts gelernt hast, wenn ich mich in dir getäuscht hätte, und du wärst tatsächlich so dumm, wie du mich glauben machen willst, so solltest du wenigstens mit dem Instinkt eines Lastesels begriffen haben, dass es gegen mich keine Auflehnung gibt. Du ziehst den Kürzeren, und es wäre klüger, du kämst mir entgegen.
Jonas, du hast Dinge erlebt, die ein anderer nie erlebt, und würde er tausend Jahre alt. Du hast Menschen kennengelernt, die es sich lohnt zu kennen, den Soldaten, den Mann mit der Pelzmütze; du hast Gegenden gesehen, die es sich lohnt zu sehen, die Wüste, das Gebirge, die Stadt Ninive. Ich habe dir den Tod mehr als einmal gezeigt, näher, als es vielen Menschen gegönnt ist, und deutlicher, als es die

meisten vertragen; ich habe dich seine Geheimnisse gelehrt, und ich habe dir mit alledem das Beste gegeben, was ich dir geben kann: einen Extrakt des Lebens. Ich habe dir die größten Möglichkeiten gegeben – sieh zu, was du damit machst. Du willst mein Wissen nicht – du bist klug, und das nützt dir im Augenblick mehr als die Weisheit, die du ohnehin einmal erwirbst.«

Jonas hörte das Gartentor in den Angeln kreischen und sah den Diener Gottes geruhsam in den Garten eintreten. Jonas war zu müde, um sich in diesem Moment noch ernsthaft zu ärgern.

»Du hast mir Esther genommen«, murmelte er, noch nicht völlig gewonnen.

»Ich würde dir raten, nach Mosul zu gehen«, schlug Gott vor, »wenn anders du meine Ratschläge bezüglich einer Ortsveränderung überhaupt noch annimmst.«

Jonas lächelte wider Willen.

»Du hast mich blamiert«, sagte er trotzdem, »da unten in der Stadt und überall.«

»Vielleicht kommst du dir so vor«, sagte Gott, »mir jedenfalls nicht und denen da unten auch nicht. Wenn es dich tröstet, kannst du ja immerhin annehmen, dass mir die Kraft gefehlt hätte, ein Strafgericht über Ninive zu entfesseln, und dann wäre ich auch blamiert. Nebenbei, wenn du hinuntergingst nach Ninive, sie würden dich als ihren Retter aus der Nacht der Sünde feiern. Willst du nicht?«

Jonas lachte.

»Das fehlte gerade noch, o Herr, Du überschätzest meine Eitelkeit!«

»Siehst du wohl!«, sagte der Diener Gottes, als er herangekommen war, »du hast ja doch gepredigt, und gar nicht schlecht!«
Jonas fing doch schon wieder an, sich zu ärgern. Genau in diesem Moment war der Kerl überflüssiger denn je.
»Du hast eine eigentümliche Angewohnheit«, sagte er finster, »immer dann und dort zu erscheinen, wo und wann man dich am allerwenigsten brauchen kann. Die Predigt war großer Mist!« – »Das war sie auch«, sagte der andere ungerührt, »aber sie war trotzdem gut. Sie hat ihren Zweck erfüllt, und das ist immerhin mehr, als man von den meisten Predigten sagen kann. Es war gut gemacht, wie Figura zeigt!«
Er wies mit der Hand nach Ninive hinunter, aus dem vereinzelt Jubelchöre heraufschallten und Festmusik.
»Wenn du meinst, dass mir daran was liegt …«, begann Jonas. Er sah den Diener Gottes von der Seite an.
›Er gleicht mir irgendwie‹, dachte er, ›er ist gar nicht so alt, wie er mir anfangs vorkam. Schon auf dem Schiff schien er mir jünger. Er könnte mein Bruder sein, nein, eigentlich könnte er ich selber sein. Ich bin vor ihm geflohen, wie man vor sich selbst flieht, ich habe gegen ihn gekämpft, wie man gegen sich selbst kämpft, und meine Predigt hielt ich nur aus Zorn gegen ihn, aus Zorn gegen mich. Eigentlich möchte ich gar nicht, dass er mich verließe. Es wäre, als wenn ich mich selbst verlassen würde, und wer soll mir sagen, was ich tun und lassen soll, wenn er nicht mehr da ist? Wenn ich ihn kränkte, hat es mir selbst weh getan, und es scheint mir, als sei er so, wie

ich sein könnte, wenn ich ein guter Mensch wäre ...‹ In diesem Moment wandte sich der andere um. Er lächelte Jonas an: »O Bruder Mensch!«, sagte er. Er umarmte und küsste Jonas, fuhr ihm mit der Hand durch die Locken und schüttelte ihn leicht. Er trat ein paar Latten beiseite, dass eine Bresche im Zaun entstand, gab Jonas einen freundschaftlichen Stoß in die Rippen und schob ihn hinaus.
»Und da«, sagte der Diener Gottes, »geht der Weg nach Mosul.« Jonas schluckte ein paarmal, wischte sich mit der Hand über die Augen; er fand sein Lächeln wieder, und so ging er, ohne sich noch einmal umzusehen, über den Berg nach Mosul.

[Meinem Bruder Jan, 1946]

Ein ganz gewöhnlicher Tag

Der Witzige siehet das Unglück und verbirgt sich; die Albern gehen durchhin und werden beschädigt.
Sprüche Salomonis 22,3

Der Abend

Die jungen Männer

»Der Alte ist vollkommen wahnsinnig geworden«, sagte Ham wütend, schmiss die Tür hinter sich zu, seine Axt in eine Ecke und sich selbst auf einen leeren Stuhl, der über diese plötzliche Zumutung ein lautes Ächzen ausstieß. Ham ächzte auch. »Vollkommen wahnsinnig!«, wiederholte er und blickte sich herausfordernd um. »Ich versteh ja allerhand, aber alles hat seine Grenzen.«

Japhet nahm vorsichtig seine Beine vom Tisch, setzte sich ebenso vorsichtig im Stuhl zurecht und legte die Beine wieder auf den Tisch. Die Vorsicht seines Tuns rührte davon her, dass sich an einem Strohhalm, den er im Munde hielt, am Ende ein kleiner, grüner, schillernder Käfer schaukelte, dessen Ehefrau sich noch als Gefangene in Japhets Hosentasche befand.

»Sieh mal, ist der nicht hübsch?«, fragte er, ohne die Augen von dem schaukelnden Tier abzuwenden.

Ham entschlug sich einer Antwort, ging zum Fenster und riss es auf. Es waren nur noch die leeren Rahmen; die Glasscheiben, eine Kostbarkeit, hatte Noah schon entfernen lassen.

»Eine blödsinnige Hitze, und diese Schinderei! Wenn ich nicht schon ein Neger wäre …«

Er betrachtete unmutig den zertrampelten Platz vorm Haus, wo ehemals, noch vor vier Wochen, ein zierlicher Garten mit schattigen Laubengängen, mit Büschen und Blumen und einer Zisterne gelegen hatte. Jetzt lagen Haufen von Sägespänen herum, Teerkessel hatten ihre finsteren Spuren auf dem versengten Gras hinterlassen und Hunderte von Füßen den wei-

ßen Kies der Wege in die Beete getragen und umgekehrt. Es war ein trostloser Anblick; Stofffetzen lagen dazwischen, Scherben von Glas- und Tongeschirr, und mitten aus diesem Wust erhob sich hell aus Fichtenholz und schwarz verpicht die ungeheure Arche gegen den roten Abendhimmel. Aus ihrem Inneren tönte ein lautes Grunzen und Schnauben. Die eingesperrten Tiere wurden gefüttert.
»Diese Handwerker«, brach Ham hervor, »dieses verdammte Volk! Einen Ärger hat man! Und überzahlt werden wollen die auch noch! Es hätte wenig gefehlt, und die Kerle hätten den Kasten nicht gedeckt. Man läuft von einem zum andern, lobt, schimpft, feuert an, brüllt herum, verspricht goldene Berge … sie sind *müde*, haben *unheimlichen* Durst, können gar nicht weiterarbeiten vor Durst, man schafft was zu saufen – sie saufen sich an und sind dann überhaupt nicht mehr zu gebrauchen. Und alles wegen der Marotte vom Alten! Ich …« Er brach ab und spuckte wütend zum Fenster hinaus.
»Von welchem Alten redest du eigentlich in so despektierlichen Ausdrücken?«, erkundigte sich Japhet in der hinterhältigen Absicht, einen Streit mit Ham heraufzubeschwören.
In diesem Augenblick hatte ein großer Hirschkäfer Japhet erreicht und begann, an dessen Stuhl hochzuklettern. Der Hirschkäfer, der bereits seit zwei Tagen in einem kleinen Korb in der Ecke lag, transportfähig verpackt, hatte schon alle Hoffnung aufgegeben, jemals seine Jagdgründe wiederzusehen. Hams ungeschickte Axt hatte jedoch sein Gefängnis zertrümmert, und der Käfer sah sich plötzlich und unerwartet in Freiheit gesetzt. Japhet sah ihn erst, als er versuchte, in seinen Ärmel zu steigen.
»Ja zum Teufel!«, schrie er und sprang auf, »wie ist

das denn möglich. O Ham, du verwünschtes schwarzes Schwein, du hast den Korb zerschmissen! O du gottverfluchter Idiot!« Er stürzte sich in die Ecke, um sich von der Tragweite des angerichteten Unheils zu überzeugen, wobei er alle Höllenstrafen auf Ham herabwünschte. In der andern Ecke beim Fenster saß Sem über Rechnungen und Büchem. »393 Sesterzen und 97 Taler gibt ...« Mit schmerzlichem Gesichtsausdruck sah er zu dem tobenden Bruder hinüber. »Könnt ihr nicht *bisschen* leiser sein, Herr des Himmels!«

»Blödsinn«, antwortete Japhet höflich, während er eine Schachtel nach der andern vorsichtig öffnete und nach ihrem Inhalt schaute. In einer kleinen kreisrunden lagen in Stofflumpen einige flache, braune Tiere.

»Was ist das denn?«, fragte Ham, der näher kam.

»Wanzen«, sagte Japhet stolz, »richtige Wanzen. Waren unheimlich schwer zu kriegen.«

»Ob die nun aussterben oder nicht... Und überhaupt ist das alles Blödsinn, diese Angst. Der Alte ...«

»Alter ist nicht nett gesagt«, bemerkte Japhet und packte die Wanzen liebevoll wieder ein. »Sag wenigstens ›ehrwürdiger Alter‹!«

»1375 Taler mal 7 gibt ...«, murmelte Sem, entschlossen, sich nicht stören zu lassen. Er runzelte die Stirn. Wie viel Mühe hatte es gekostet, den Vater zu überzeugen, dass es absolut unnötig wäre, alle Schulden zu erlassen und den Schuldnern zu schenken. ›Tatsächlich‹, dachte er, während er die Stirn in Falten legte und an seinem Griffel kaute, ›tatsächlich, er hätte auf alles verzichtet. Er wird alt, man muss auf ihn aufpassen!‹. »1375 mal 7 gibt ...«

»Du mit deinen Viechern«, sagte Ham verächtlich,

»wo wolltest du hin damit, wenn ich nicht die verdammten Ställe gebaut hätte, hä?«
»Hättest bauen lassen«, berichtigte Japhet, indem er zu seinem Stuhl zurückkehrte. »Du ahnst nicht, wie schwer das ist. Wenn ich morgen nicht noch einen schwarzen männlichen Panther finde, müssen die schwarzen Panther aussterben. Sechs Weibchen hatte ich schon. Vielleicht war eins davon trächtig, aber wer will das wissen?«
Er seufzte.
»500 Sesterzen«, murmelte Sem. Sein Griffel kratzte. Aus dem Tor der Arche sah Ham Leute mit Wassereimern kommen, die zu der halbverschütteten Zisterne gingen. Sie schwatzten und lachten.
»Wann gibt's hier eigentlich mal was zu essen? Eine Wirtschaft! Alles nur, weil der Vater gehört haben will, es gäbe eine kleine Überschwemmung. Meine Frau ist schon gänzlich verblödet davon, so wie ihr. Übrigens, wenn das Wasser auch nur einen halben Meter hoch steht, kriegen wir alle im unteren Stockwerk Rheumatismus. Das Ding ist viel zu schwer. Schwimmt nie«, sagte er händelsüchtig.
»Ist ja ausgerechnet, ganz genau. Muss schwimmen.«
»Und wenn's nicht schwimmt?« Sem betrachtete die Rechnungen und Schuldverschreibungen. ›Die ganze verdammte Arbeit umsonst?‹ Aber wozu mit Ham streiten? »Wenn's nicht schwimmt«, sagte er leichthin, »wenn's nicht schwimmt, na denn schwimmt's eben nicht.«
»Lass doch die Wanzen draußen!«, schlug Ham Japhet vor, als mit Sem nichts zu machen war. »Die Kleiderläuse lass ich draußen. Ich hoff, es merkt's keiner. Aber mich hat verdammt noch nie was so gestört, als wenn ich in der unteren Stadt eine hübsche Nacht verbracht hab, und am andern Morgen kratzt

sich die ganze Familie. Und daran hat sie immer so genau gemerkt, wo ich war. Aber der ehrwürdige Alte passt so säuisch auf, er hat sich alles notiert. Es ist schon ein Kreuz, dieser direkte Verkehr mit dem Himmlischen!« Während er dies sagte, dachte er daran, dass durch die Himmlischen viel irdisches Vergnügen flöten ginge und dass man doch eine Möglichkeit finden müsste, das kleine ägyptische Mädchen mitzunehmen, falls es wirklich vierzig Tage und Nächte zum Regnen kommen sollte. Sicher wird's ja nur ein harmloser dreitägiger Landregen sein, wie immer, und dann ist der Scherz vorbei. Immerhin, versuchen sollte man's. Ham dachte daran, dass keine Macht der Welt ihn dazu bringen würde, nach dem großen Wasser, wenn es überhaupt kam, das Haus und alles ohne fremde Hilfe aufzubauen. Und er dachte mit Vergnügen an die zwanzig verschwiegenen Handwerker, die er im Heu versteckt hatte und die dort, mit Lebensmitteln und Trinkwasser reich versehen, die Zeit schon überdauern würden. Nachher waren sie eben einfach da.
Sem überlegte, wie er an alle noch ausstehenden Gelder kommen könne, besonders an die Stadtkasse, die der Vater ehrenamtlich verwaltete. Wenn das Wasser wirklich kam, woran noch sehr zu zweifeln war (so ein alter Mann hat oft Kongestionen; er isst abends zu gut und hört dann den Schöpfer aller Dinge reden, unterhält sich sogar familiär mit ihm – komische Idee eigentlich, ob er eine fette oder magere Stimme hat?), wenn also die Sintflut wirklich kam, würde der Stadt die Kasse doch nichts mehr nützen; aber Geld würde man nachher doch wieder brauchen, es hätte sich ja verringert. Wenn die Flut aber nicht kam? Aus der Stadt tönte Gelärm und fröhliches Toben.

»Die amüsieren sich! Mit Recht. Sie lachen über uns und unsere grundlosen Ängste und hauen das ganze Geld auf den Kopf. Wir hingegen schuften wie die Kümmeltürken, um nachher bei einem siebentägigen Landregen in dem Kasten zu sitzen, unter schändlichen Lebensbedingungen, und nach sieben Tagen Zwischendeck werden wir Hohn und Spott unserer Mitmenschen in reichlichem Maße ernten!«
Sem und Ham kamen nicht mehr dazu, auf Japhets Rede zu antworten. Denn ihre Schwester kam herein und rief sie zum Abendessen. Sie reckten sich, dass die Gelenke krachten, und stolperten durch den düster gewordenen, leeren Gang die Treppe hinunter.

Die Familie

Als sie in den Saal kamen, war beinahe die ganze Familie versammelt. Es standen keine Schränke mehr an den Wänden, die Vorhänge waren herabgenommen, und vom Licht angelockt kamen unzählige Schnaken und Nachtfalter durch die scheibenlosen Fenster. »Können wir jetzt endlich anfangen?«, fragte Noah mürrisch. Er hatte schon zu lange gewartet für ein Essen wie dieses. »Wer fehlt denn noch?« »Japhets Frau.« »Na, von mir aus. Ich fang an!« Die andern folgten seinem Beispiel.
Noah zog eine große Schüssel heran, in der ein zäher, gelber Brei dampfte.
»Äh, was ist das denn?«, fragte er entsetzt.
»Mais. Maisbrei. Sehr gesund. Unsere Vorfahren aßen es immer!«, behauptete seine Frau. Schon wegen der Kinder, aus erzieherischen Gründen.

Mühsam zog Noah einen Löffel voll der zähen Masse aus der Schüssel.
Die Kinder am unteren Ende des Tisches revoltierten bereits gegen dieses Nahrungsmittel, patschten mit den Löffeln hinein und trieben nichts wie Unfug. Sie wurden von ihren Müttem mühsam gebändigt. »Ein Elend ist das!«, sagte Noah. »Ich hab in meinem Leben nicht so schlecht gegessen!«
Seine Tochter errötete heftig und verfinsterte sich. Sie öffnete den Mund zu einer Entgegnung, besann sich aber eines Besseren und lud sich stattdessen eine besonders große Menge Maisbrei auf den Teller.
Die Tür öffnete sich, und Japhets Frau erschien mit ihrem jüngsten Kind. Sie ging sehr gerade, etwas zurückgelehnt und blieb in der Nähe der Tür stehen.
»Japhet, sei doch so lieb und mach mir mal mein Kleid zu. Ich bring's einfach nicht hin!« Japhet warf verzweifelt seinen Löffel auf den Teller und näherte sich ihrer Rückseite. »Allmächtiger! Musstest du unbedingt ein Kleid anziehen, das hinten, warte mal, sechsunddreißig, nein, zehn, zwanzig, dreißig, achtunddreißig – nochmal achtunddreißig Knöpfe hat?«
»Zähl nicht, knöpf lieber!«, meinte sie. »Ich musste es doch anziehen, ich hatte doch die anderen schon eingepackt!«
Japhet hielt im Knöpfen inne. »Du willst doch nicht etwa sagen, dass diese Knöpferei in den nächsten Monaten täglich zweimal stattfinden soll? Warum, um Himmels willen, sind die Knöpfe nicht vorn?«
»Ach. Da bleib ich doch immer mit meinen Armbändern dran hängen. Nun mach schon zu!«
»Ja, aber du hättest doch ein anderes anziehen können, du hast doch, weiß Gott, Kleider genug!«
»Die Weiber!«, knurrte Noah in seinen Brei. »Diesen

Teps, den die immer mit dem bissel Anziehen haben, lachhaft!«
»Aber du brauchtest doch keine Armbänder anziehen, zum Teufel!« Sie setzte sich beleidigt an ihren Platz.
»Die Knöpfe hattest du mir doch geschenkt! Ich möchte sie doch immer vor Augen haben. Sie sind mir doch so lieb!«
»Vor Augen!«, sagte Japhet verblüfft und setzte sich nieder. Das Essen nahm seinen schweigenden Fortgang. Ham aß den Brei mit großem Vergnügen.
»Ich finde das Essen gut!«, sagte er entschieden. »Gut gekocht, Mädchen! Natürlich können das nur Leute verstehen, die gearbeitet haben.«
Seine Schwester warf ihm einen dankbaren Blick zu und sah dann weiter mit gerunzelter Stirn auf ihren Vater, der seinen Brei mit offenem Mund und augenscheinlichem Abscheu aß. Es war ein garstiger Anblick, fand sie und sagte es ihm auch: »Du isst wie ein Schwein!«, sagte sie empört.
»Hä?«, fragte Noah nasal, ohne seine Manieren zu verbessern.
»Papi, wie du isst!«
»Nu, wie denn?«, fragte Noah verdrießlich.
Sie schüttelte den Kopf und schwieg.
Ham brach ein Stück von einem riesenhaften flachen Brot ab, das schon ein ziemliches Alter hatte, und biss hinein. Es krachte und splitterte wie Holz. Er hob das restliche Stück in die Höhe, während er geduldig das Sperrholz in seinem Mund zermahlte.
»Dieses Brot scheint unsere Vorfahrin Eva noch gebacken zu haben, seinerzeit, als das Elend anging. Es war der erste Versuch und deshalb verzeihlich. Es ist übrigens sehr gesund. Allerdings können nur Leute von starker Gesundheit und festem Charakter unbe-

schadet etwas davon genießen. Ich fürchte schon für mich, obwohl ich mich einer ausgezeichneten körperlichen Verfassung erfreue und auch geistig noch ungewöhnlich rüstig bin. Vielleicht werden sich mir Splitter in meinem inneren Menschen festrammen. In diesem Fall bitte ich die Anwesenden, für meine liebe Witwe zu sorgen und des Verstorbenen im Gebete zu gedenken«, schloss er fromm.
Am unteren Tisch kicherte jemand.
»Ham«, sagte seine Mutter warnend, aus erzieherischen Gründen. Seine Frau streifte ihn mit einem schnellen Seitenblick.
»Bis das Brot in die Därme kommt, sind's schon keine Splitter mehr«, begann Sem. Seine Frau blickte ihn bewundernd an. Sie hatte große Mühe mit ihrem kleinen, einzigen Kind, das nicht essen wollte. Schließlich nahm sie das schreiende Kind auf den Arm, den Teller in die Hand und steuerte auf die Tür zu. Japhet sprang auf und öffnete.
»Hurra!«, schrie Ham begeistert, »es wird wissenschaftlich!«
Noah entriss sich seinen Grübeleien, schob seinen Teller zurück und stand auf.
»Na, ihr Leute ...«, sagte er und ging in unregelmäßigem Tempo hinaus. Er wird alt, dachte die Familie, die sich in lärmende Gruppen zerstreute.
Der alte Mann, den Leuchter in der Hand, schlurfte den Gang entlang in sein Zimmer.

Der alte Mann

Noah schloss die Tür unwirsch und setzte den Leuchter auf den Boden. Es standen nur noch ein Bett und

ein Stuhl in dem Zimmer. Alles andere war schon aufgeräumt.
›Familie ist lästig‹, dachte Noah, als er sich ächzend niederließ. Die Nächte wurden kühl. Die Nieren taten ihm weh. Den ganzen Tag über hatte sie ihn sekkiert, die Familie.
›Es ist widerwärtig‹, dachte er, ›von früh bis spät. Soll das mit? Bleibt das da? Ist dafür noch Platz, was soll ich mit meinem Geranienstöckchen machen? Welches Kleid soll ich anziehen ... Man war der reinste Haushofmeister. Die eigene Familie geht ja noch. Seine Tochter schimpft und schandiert in einem fort, aber sie ist doch ein ganz nettes und tüchtiges Frauenzimmer, wenngleich gefährlich. Er bedauerte seinen Schwiegersohn. Aber schließlich, ihn hatte auch niemand bedauert. Im Gegenteil. Mit seinen Söhnen kam er auch ganz gut hin. Gott ja, sie waren oft aufsässig. Keine Spur von Respekt bei der Bande. Aber mit Männern kommt man ja immer gut aus, besser als mit Frauen.
Die Schwiegertöchter sind auch ein Kreuz. Sems Frau ist das ratloseste Frauenzimmer unter der Sonne. So etwas von ungeschickt! Und so vorwurfsvoll. Na ja, seine Frau war's ja nicht.
Wenn er doch wenigstens seine drei blauen Windspiele mitnehmen könnte. Aber der Herr hatte gesagt, ausdrücklich und oft: »Von den unreinen Tieren je zwei und zwei, Männlein und Weiblein!« Und ehe er die drei trennte, sollten sie lieber umkommen. Er würde sie vergiften lassen. Oder sollte er sie noch in der Stadt verkaufen? Dann würden sie noch einen Profit abwerfen.‹
Er entschlug sich des Gedankens, während er mit schon etwas ungeschickten Händen die Kerze schneuzte. ›Ich werde sie heimlich mitnehmen‹,

dachte er. ›Schließlich, in meinem Alter sollte ich noch eine kleine Freude haben. Aber der Herr war so klug, er merkte alles. Man müsste sie bei anderen gutartigen Tieren verstecken. Im untersten Stock.
Er hatte es verdient. Er war mit einer vielköpfigen Familie geschlagen, die ihn nur ärgerte und erzog. Sie sahen nicht ein, dass es zu spät dazu war. Manchmal möchte man sein Bündel schnüren, irgendwo in einem Olivenhain leben, für sich allein, und fern vom Getriebe dieses Anhangs. Drei Söhne sind gut und schön, man freut sich an ihnen, aber wer denkt, dass sie eine so große Familie hecken würden ...
Wenn dann die Sintflut vorbei wäre, würden sie hoffentlich alle weit wegziehen. Nur schade, seine Tochter würde er eigentlich gerne behalten. Aber sie wird wohl auch bald den einen oder anderen Esel heiraten und viele Kinder kriegen. Und von ihm erwartete man dann große Freude über diesen Umstand.‹
Er legte Turban, Dolch und Gürtel auf den Boden. Mit Rücksicht auf seine Nieren wollte er heute mal mit den Kleidern schlafen. Er musste nur schauen, dass er eher auf war, als seine Frau hereinkam, denn sie hatte eine sonderbare Abneigung gegen solche Ferkeleien, wie sie es nannte. ›Sie ist verheerend reinlich‹, dachte er im Einschlafen. ›Ein Glück, dass morgen der letzte Tag ist. Morgen um diese Zeit schlaf ich schon in diesem Pferch, in der Arche. Ob sie wohl schwimmt? Ham sagt Nein. Na, wenn nicht, dann ist wenigstens Ruhe.
Herr, sieh freundlich auf dieses schlafende Haus, behüte alle, die noch wegen irgendwelcher Geschäfte wachen, und hilf ihnen, ihre Verrichtungen gut zu Ende zu führen. So sie aber auf üblen Pfaden wandeln, O Herr, verhindere sie in der Ausübung ihres Untuns und führe sie wieder auf gute Wege ...‹

Er schlief ein. Die Kerze beleuchtete schwach und blakend sein Gesicht, das Gesicht eines müden, alten Mannes, der mit offenem Mund leise röchelnd schlief.

Die Nacht

Ham

Er kroch durchs Heu und stieß den ersten Schläfer leise an: »He! Steht nochmal auf, aber leise, ohne Lärm!«
Die Schläfer erwachten und reckten sich.
»Ist schon Zeit zum Aufstehen? Teufel auch, die Nacht ist kurz.«
»Ach was, los, steht auf. Wir gehn in die Stadt. Die letzte Nacht wollen wir durchsaufen. Wenn das Unwetter kommt, oder wenn's nicht kommt – es kann nie was schaden, wenn man was trinkt. Jene Flüssigkeiten wollen wir noch vermindern, die noch in Achams Keller liegen.«
Während er darauf wartete, dass sie ihre Klamotten zusammensuchten und sich aufrappelten, dachte er an seine Frau, mit der er eben noch gesprochen hatte.
»Du gehst nochmal fort?«, hatte sie gefragt.
»Ja, mein Herz.« »Kommst du wieder?« – »Du brauchst nicht warten.« Sie sagte nichts darauf. Sie war gewöhnt zu parieren.
»Hast du Angst?«, fragte er sie.
»Du betrügst mich doch nicht?«, fragte sie dagegen etwas ängstlich.

»Hab ich dich je betrogen? Na also? Was wäre es wert, mit solchem Blödsinn anzufangen!« Er sah sie eindringlich an. »Gute Nacht, meine Schöne. Und vergiss nicht, dass ich dich liebe!« Er küsste sie zärtlich, wandte sich unter der Tür nochmal um, winkte ihr fröhlich zu und ging. Sie schaute ihm nicht nach, als sie seine Schritte hörte, unten auf dem Kies. Es war nicht ihre Sache zu belauschen, wohin er ging. Ham wusste das und dachte daran, als er knietief im Heu stand und wartete. Er dachte auch an seine drei lärmenden kleinen Kinder, die so hübsch wie sie und so lustig wie er waren ... Da waren die zwanzig Handwerker fertig. Und sie schlüpften leise zur Tür hinaus, stahlen sich am Haus vorbei, das noch einige schwach beleuchtete Fenster zeigte, und schlenderten zu Achams Keller, wo sie sich bei erbaulichen Reden über das Diesseits, über das Jenseits, die Weiber und den Wein gründlich volllaufen ließen. Später ließ Ham Musikanten und Mädchen kommen. Und sie wechselten im Saufen ab mit Tanzen. Dazwischen sangen sie auch, misstönend zwar oft, aber nichtsdestoweniger sehr fröhlich. Sie bewunderten Hams Tanzkunst, die Mädchen, den Wein, der wirklich wie ein Märchen war, und sich selbst, die Erbauer der gewaltigen Arche. Ihr Gelärm hallte aus den Kellergewölben und vermischte sich mit dem nächtlichen Lärm des Stadtteils.

Sem

»Tags schläft der Affe, der Säufer«, sagte Sem halblaut, als er, ein Bündel Rechnungen und seinen vergoldeten Becher in der Brusttasche seines Kittels, den hell erleuchteten Sälen des großen Spielhauses zustrebte. Er war feiertäglich gekleidet. An seiner linken Hand saß ein silberner Ring mit einem großen Türkis. »Aber ich will sehen, ob ich ihn nicht doch drankriege!« Er stieg die Stufen hinauf, stieß die Tür auf, gab einem Diener, den er drin fand, einen Denar und ließ sich einen Platz mit Polstern belegen. Dann ließ er sich vornehm nieder, wobei er die Gesellschaft musterte, die teils dem Schauspiel zusah, teils sich mit Würfelspielen beschäftigte, teils matt in den Polstern lehnte und halblaute Gespräche führte oder, wie jene dort in der Ecke, laut lärmend große Mengen Alkohol verkonsumierte. Sem betrachtete dies alles mit einem flüchtigen Blick aus halbgeschlossenen Lidern. Er gab dem Aufwärter den Auftrag, ihm einen Becher Wein zu bringen. Geschäftsunkosten, dachte er undeutlich, während er ausrechnete, wie viel ihm diese Aktion einbringen würde.

Jeder der lärmenden Säufer in der Ecke hatte eine jener kostbaren Damen neben sich oder im Arm oder auf den Knien, die, dem armen Mann unerreichbar, sehr wählerisch sind. Sem betrachtete auch sie nachlässig, mit der Gelassenheit eines Mannes, der sich das auch leisten könnte, wenn er nur wollte. Eine der Damen hob für einen Moment ihre unwahrscheinlich langen Wimpern und sah ihn sanft voll kindlichen Erstaunens an. Sie schien überrascht und entzückt, einen so schönen Mann hier zu sehen. Dann sah sie wieder weg, um dem Fremden Gelegenheit zu geben, ihr schönes Profil zu bewundern. Der Aufwärter kam an ihr vorbei mit Sems Becher.

Die Schöne rief ihn heran, nahm aus ihrem Kranz eine halb offene Rose und warf sie in den Becher. Sem verneigte sich und küsste die triefende Rose, ehe er sie an seiner Brust über den Rechnungen befestigte. »Weiber«, dachte er nur. Die Mitternacht fand Sem mitten im Kreis der fröhlichen Säufer, die Dame auf seinen Knien. Und sein Schuldner hatte den Kopf auf Sems Schulter liegen und erklärte ein ums andre Mal, mit dem zärtlichen Eigensinn der Besoffenen, er liebe ihn, Sem, mehr wie ein Sohn, wie ein Bruder, wie ein Vater. Und großmütig ermächtigte er ihn, seine Geliebte zu nehmen, und alles, was ihm lieb und teuer sei, wolle er mit ihm teilen.

Japhet

»Also«, sagte das kleine ägyptische Mädchen und ließ sich erschöpft und heftig atmend neben Japhet nieder. Sie hechelte noch vom schnellen Laufen, »also, da bin ich. Ich dachte schon, du wärest weggegangen. Oh, wie habe ich mich gesehnt! Du auch? Du natürlich nicht. Aber ich. Ach!« Sie keuchte noch etwas. »Fühl mal, wie erhitzt ich bin. Du hast hübsch kühle Hände. Hast du heute manchmal an mich gedacht?« Japhet verzichtete darauf, dieses alles zu beantworten, da er es jeden Abend hörte. Er küsste ihre kleinen mageren Hände, die nach Kampfer rochen. »Weshalb eigentlich? Komisches Volk, diese Ägypter!« Und sagte ernsthaft, wie man mit Kindern spricht: »Also, was hast du heut getan?«
Sie wusste, dass es ihn nicht interessierte. Deshalb sagte sie leichthin: »Ach, nichts. An dich gedacht.«
»Was verdienst du damit?«
»Was meinst du?«
Er nahm sie in die Arme und küsste sie nachdrücklich.
»Genug?«, fragte er.

»Du bist mir noch drei Tage schuldig.«
»Ich bin ein schwer geprüfter Mann. Nichts wie Schulden. Meinem Alten bin ich noch einen schwarzen Panther schuldig.« »Wer seine Schulden bezahlt, bereichert sich!«, sagte das Mädchen eingelernt. »Du bist ein kluges Kind. Also, ich will mich bereichern!« Ein Käuzchen flog klagend durchs Gehölz. Das kleine Ägyptermädchen strampelte. »Au! Lass mich doch los!«
»Was fällt dir ein? Ich will doch meine Schulden bezahlen.«
»Ich liege auf einer unerträglichen Baumwurzel. Es ist überhaupt nicht besonders bequem hier. Bei mir daheim ist's besser.« Japhet dachte an seine Besuche und ihre Folgen in der unteren Stadt. Er sah im Geist seine Familie sich kratzen und schwieg. »Du nimmst mich also mit?«, sagte sie später, als die Schulden bezahlt und die Unbequemlichkeiten wie Baumwurzeln und so beseitigt waren.
»Aber natürlich, mein Herzchen.« Japhet hatte seinen Kopf in ihrem Schoß liegen, und sie spielte mit seinen Haaren. Er hasste das. »Wie würdest du einen schwarzen Panther fangen?«, fragte er, halb im Einschlafen. Teufel auch, diese Manier, einem in den Haaren herumzudrehen. Man wird völlig blödsinnig davon!
»Am besten nachts«, sagte sie, wobei sie ihre mangelnde Sachkenntnis durch besonders nachdrückliches Sprechen ersetzte.
Japhet ermunterte sich sofort.
»Also, auf auf«, sagte er, sprang auf, zog sie ebenfalls empor und hinter sich her tiefer in den Wald.

Die Dämmerung

Die Dame

›Es ist fünf Uhr‹, dachte die Dame, als sie die Hähne krähen hörte, und hielt einen Augenblick inne in ihrem ruhelosen Auf- und Abwandern. ›Diese schlaflosen Nächte! Zum Verrücktwerden! Ich schlaf am besten von sieben bis zehn‹, dachte sie, ›und ausgerechnet dann ist der meiste Lärm im Haus. Aufstehen, Feuer anmachen, Kinder baden, die Handwerker kommen und machen Krach … Warum müssen Leute solchen Lärm machen? Habe ich vielleicht keine Nerven? Noah wundert sich darüber. Natürlich, er kann immer schlafen. Ich hör ihn schnarchen bis hierher, obwohl der ganze Gang dazwischen liegt. Wie kommt's, dass er schlafen kann und ich nicht? – Das kommt vom Ärger‹, dachte sie weiter. ›Vom ewigen Ärger. Warum hab nur ich immer allen Ärger? Ärger macht hässlich, ist das reinste Gift. Er ärgert sich nicht. Ein Glück, dass wenigstens meine Kinder einigermaßen erfreulich sind.
Für die schlechten Manieren meiner Schwiegertöchter kann ich ja nichts. Aber wie mich das wahnsinnig macht, das unbegabte Kinderfüttern, diese fruchtlosen Erziehungsversuche, ich kann mich nicht besinnen, dass ich mit meinen Kindern so einen Unfug anstellte! Aber das kommt von der Schludrigkeit dieser Mädchen. Warum werden sie nie fertig? Ach, mit Frauenzimmern hat man immer Verdruss. Was kann man machen, wenn jemand sich geschmacklos anzieht? Da kann man nur Gott danken, dass man's nicht selber ist. Trotzdem, die anderen Leute reden darüber und finden, es ist mein Fehler, ich müsste da

was sagen. Auch noch. Es hat auch keinen Sinn!‹ Sie seufzte. Der Himmel begann sich rötlich zu färben. Man hörte Leute kommen, unter munterem Reden und mit Geschrei. Die Dame ächzte leise. ›Schon! Manchmal möchte man seine Siebensachen ergreifen und einfach wegfahren. Aber es ist ja überall gleich. Kummer überall, nur jedes Mal ein andrer. Das macht die Sache noch einigermaßen erträglich.‹ Die Dame fröstelte. Die Handwerker kamen langsam, aber mit eindringlicher Fröhlichkeit näher. Sie unterschied in ihrem Gegröle die Stimme ihres Sohnes Ham.

›Der Gute!‹, dachte sie gerührt. ›So früh steht er schon auf! Er war nie ein schwieriges Kind. Immer schon so lieb, dass man direkt Angst um ihn haben musste. Gott sei Dank, er hat ziemliche Körperkräfte. Gut verheiratet ist er auch, was kann ihm schon passieren! Ich fürchtete immer die Weiber, immer, die Weiber würden ihn mal fürchterlich ausnützen. Anfangs, als er geboren wurde, war ich etwas erschrocken, weil er so dunkel war und immer noch dunkler wurde. Aber Noah sagte, das wäre so ganz richtig. Eigentlich auch rührend von ihm. Ein anderer Mann hätte sich fürchterlich angestellt.‹ Sie betrachtete gerührt, wie Ham seine Handwerker ins Innere der Arche lockte und drängte.

›Es wird ein schöner Tag‹, dachte sie. ›Man sollte was im Garten tun. Ach, er ist ja hin! Na ja. Ob das Wasser wirklich kommt! Mir graust vor dem Leben in dieser Festung. Ich hasse alles, was entfernt an eine Zumutung erinnert. Und ein derart primitives Leben! Ich kann mir nicht helfen, es ist eine Zumutung. Mein armer Garten! Wie sieht das da unten aus? Komisch, dass meine Tochter dafür gar nichts übrig hat! Junge Leute sind so schnell. Sie wollen alles sofort sehen und haben. Lang auf etwas warten tun sie nicht. Tut ja niemand gern.‹

Unten im Haus schrie ein Kind. Türen schlugen zu, jemand pfiff hinten im Hof beim Holzhacken. »Hallo, Mam!«, rief Ham herauf, als er die fröstelnde Dame am Fenster sah. »Bist du schon auf? Wozu in aller Welt stehst du so zeitig auf? Das hast du doch, weiß Gott, nicht nötig! Oder hab ich dich geweckt?«

»Du? Aber nein, ich hab dich gar nicht weggehen gehört!«, rief sie zurück, wieder etwas gerührt über so viel Teilnahme an ihrer Nachtwache. Oder besser gesagt, Morgenwache. Sie sah sich im Zimmer um, das kahl und unwirtlich war, ungewöhnlich aussah im kalten Morgenlicht. Fröstelnd legte sie sich nochmals ins Bett und ließ ergeben die Geräusche des reich bevölkerten Hauses über sich ergehen.

Die Falle

»Auf diese Weise wirst du nie einen schwarzen Panther fangen!«, sagte das Ägyptermädchen und schüttelte Japhet leicht. Japhet grunzte unmutig. »Dann werden sie dich nicht mitnehmen«, fuhr sie mahnend fort, »und mich natürlich auch nicht. Und wenn es dann anfängt zu schütten ...! Japhet, so wach doch auf! Wozu sind wir denn hier?!«

Japhet schüttelte sich, rückte näher an das Mädchen heran und vergrub sein Gesicht in ihren Haaren.

»Au, du liegst ja auf meinen Haaren! Wie willst du den Panther denn fangen?«

»Gar nicht ...«, murmelte Japhet.

»Lass das, du kitzelst mich ... au!«

»Japhet, verdammter Dösdartel! So hör doch endlich auf!«
»Ich bin müde, weißt du das?«, sagte Japhet, den Bauch voll Zorn.
»Ich bin verdammt müde ... lass mich schlafen!«
»Japhet, der schwarze Panther ...«
»Der schwarze Panther kann mich ... Aber er wird mich nicht ... Allein, du hast recht. Ich könnte mal nachschauen, wenn ich verdammt nur nicht so verdöst wäre.«
»Ich geh. Nachschauen kann ich auch. Dann schläfst du so lange, und wenn ich komme, sag ich dir, ob was da ist.«
»Pass aber auf! Also diesen Weg immer entlang. Dann bei dem alten verdorrten Baum links – du siehst die Stelle deutlich. Er hat keine Blätter mehr, und dort ist die Grube.«
»Wie faul du bist«, sagte das Mädchen fröhlich, gab ihm einen freundlichen Faustschlag ins Kreuz und ging den Weg langsam und vorsichtig weiter.
»Wenn was los ist, schrei!«, rief ihr Japhet noch nach.
Als Japhet nach vier Stunden reichlichem und tiefem Schlaf endlich erwachte, wunderte er sich sehr, sich in einem Olivenwald und allein zu befinden. Er richtete sich auf, betrachtete angestrengt seine Stiefel und versuchte sich zu erinnern. Mit einem Schreck sprang er schließlich auf, als ihm der wahre Sachverhalt aufdämmerte, und rannte zu seiner Fallgrube. Vorsichtig betrat er das Gelände unter dem verdorrten Baum und trat näher. Die Stangen waren herabgefallen. Es war also etwas gefangen. Er hoffte sehr, dass es ...
»Sieh mal an!«, sagte das Mädchen böse aus der Fallgrube heraus. »Ich fing eben an, dich zu deiner eleganten Manier, Leute aus dem Weg zu räumen, zu

beglückwünschen. Glücklicherweise ist mein Partner noch klein und ebenso faul und schläfrig wie du. Sonst hätte ich vermutlich derweil ziemlich viel von meinen schönen Rundungen eingebüßt. Nun hilf mir schon raus. Rein hast du mich ja auch gebracht. Das heißt, nein, schmeiß ein Seil herunter, dann bind ich ihn gleich an, und mach den Mund zu!«, endigte sie streng. »O Gott!«, sagte Japhet niedergeschlagen, was bin ich für ein sträflicher Idiot!«
Er nahm ein Seil und warf es in die Grube.
»Das habe ich längst bemerkt«, sagte sie mit gewinnender Liebenswürdigkeit. Er sah betreten zu, wie sie den Panther kunstgerecht fesselte. Es war noch ein sehr junges Tier zum Glück.
»Und jetzt hopp!«
Japhet schleifte den Panther zu dem aus Stangen gebauten Transportkäfig. Das Mädchen betrachtete ihre zerkratzten Arme und die blauen Flecken, die ihr der Sturz durch die Stangen eingetragen hatte. Japhet sah ihr dabei mit hängenden Schultern zu. Er sah aus wie ein geprügelter Hund. Sie schaute auf und musste lachen. »Wie du aussiehst!«, sagte sie amüsiert. »Wer seine Schulden bezahlt, bereichert sich. Ich erlaube dir, dich abermals auf meine Kosten zu bereichern.« Mit schuldbewusstem und etwas traurigem Lächeln nahm er sie in die Arme.

Grenzenloses Benehmen

»Du pfeifst?«, fragte Anna, die alte Amme, entsetzt. »Am frühen Morgen eines solchen Tages, der das Ende der Welt bringen wird? Du bist ein völlig gottloses Geschöpf!«

»Das hast du von meinem Vater«, sagte das junge Mädchen erfreut und nickte ihr gewissermaßen aufmunternd zu. »Sprich weiter, ich liebe es, wenn man gewählt mit mir spricht und mich von meiner Abscheulichkeit überzeugt. Ein Glück, dass man's von außen nicht sieht, wenn die Seele – wie sagt ihr – verfault und verdorben ist.« Sie hackte mit großem Kraftaufwand. ›Feueranmachen ist gar nicht so unterhaltend. Na ja. Was heißt unterhaltend. Ich würde auch lieber mal sehen, was die Leute im Spielhaus treiben. Schade, meine Brüder gehen hin. Männer dürfen so was. Langweiliges Leben, so als Mädchen. Sie hätten verdammt auch nicht alle Dienstboten zu entlassen brauchen. Wozu man alles Essbare zuerst verstaut, sodass nur noch uraltes Maismehl und steinhartes Brot da ist ... Wenn Leute von gar nichts was verstehen, sollten sie doch die Pfoten davon lassen. Lachhaft überhaupt. Warum alte Leute so eine Angst haben? Warum einem Strafgericht entgehen wollen? Na ja ... Ich leb auch gern. Aber wenn ich denke, dass ich immer früh Holz hacken sollte ...‹ Sie raffte das Holz auf und trug es in die Küche. Dort wartete schon Anna, um sie mit ihren gewählten Reden zu erbauen.

»Mädchen, die da pfeifen, und Hühner, die da krähen ...«, begann sie. »... die soll man reich belohnen, und den alten Weibern den Hals rumdrehn!«, vollendete Ham fröhlich, der eben in die Küche kam, einen lauten Alkoholgeruch verbreitend. Er bleckte vergnügt die Zähne zu der alten Frau hin, die ihn empört betrachtete und sichtbar an einer geeigneten Entgegnung laborierte.

»Entschuldige den holperigen Reim«, sagte Ham zu seiner Schwester. Er fasste sie um die Taille und warf sie über die Schulter. Sie quietschte und strampelte und bearbeitete seine wuscheligen Locken. Dieses Spiel wurde jeden Morgen, seitdem sie denken konnte, mit der gleichen Begeisterung gespielt. Ham trug sie im Triumph um den Tisch, setzte sie ab, küsste sie schallend auf die Backe und sagte: »Na, Hübsche!«

»Du bist ein unverschämter Riesenlackel!«, sagte Anna, der die Gabe der Sprache wiedergeschenkt war, und ging in Kampfstellung, die eine Hand feldherrlich am Fensterkreuz, die andere in die Hüfte gestemmt. Ham betrachtete sie belustigt, warf seiner Schwester einen schnellen Blick zu und nahm das Aussehen eines reuigen Sünders an.

»Ihr beide seid ein ganz gottloses Volk. Euer Benehmen ist einfach ...« Sie rang nach einem guten Wort. »... euer Benehmen ist einfach – einfach grenzenlos!«, brachte sie schließlich hervor. Ham wiegte bedenklich den Kopf. »Grenzenlos! Hörst du's? Mädchen. Grenzenlos! Ein hartes Wort, meiner Treu! Aber nicht ganz ungerechtfertigt.«

»Was meinst du?«

Das Mädchen hing ernsthaft den Kessel mit Maisbrei übers Feuer. Sie nickte und blickte andächtig auf die Alte.

»Was ihr von der Sintflut haltet, kann mir letzten Endes gleich sein«, sagte diese drohend. »Das müsst ihr selber wissen. Aber euer Benehmen gegen eure Eltern ... Ich hätte das nie gewagt. Als ich noch jung war ...« »Gab's noch gar keine Eltern, nicht wahr?«, sagte Ham tieftraurig im Beileidston. Er schüttelte Anna sehr bewegt die Hand. Anna war empört. »Ich bin überzeugt«, sagte sie mit bebender Stimme, »wenn eine Flut kommt, ist sie nicht zuletzt das Werk dieses elenden Lümmels!«

»Hart! Sehr hart! Das Leid hat dich hart gemacht.

Aber du tust mir zu viel Ehre an. Woher in aller Welt sollte ich das viele Wasser nehmen?« Das junge Mädchen prustete. Sie verschanzte sich hinter die offene Tür des alten Küchenschrankes.
»Eine Flut«, sagte sie schließlich, und ihre Stimme klang orakelhaft aus der Tiefe des leeren Schrankes. »Eine Flut kommt überhaupt nicht. Das ist eins der berühmten Hirngespinste unseres lieben Vaters. Es ist einfach seine Narrheit. Sollst sehen!« Anna schnappte. »Deshalb!«, rief sie gellend, »deshalb! Ehre deine Eltern, auf dass du lange lebest! Ihr habt's ja gut. Ihr geht in euren Kasten und seid gesichert. Aber ich arme alte Frau, die nie eine Sünde auf sich lud, muss euret- und euresgleichen wegen zugrunde gehen!« Sie schluchzte. »Dies Wasser kommt zu früh!«, sagte Ham entschieden. »Der Beginn der Sintflut ist laut göttlichem Ukas auf sechs Uhr abends festgesetzt. Zuwiderhandelnde werden des Landes verwiesen.«
Mit diesen Worten packte er die Alte und trug sie vor die Tür, die er hinter ihr verriegelte.
»Niedlich, was?« – »Wir haben Schuld an dem ganzen Debakel. Na, salü, ich geh noch bisschen spazieren vorm Frühstück. Da seh ich eben Japhet mit dem Panther kommen. Der hat's gut, der kann feiern.«
Mit diesen Worten schwang er sich aufs Fensterbrett und sprang hinaus, um Japhet zu treffen.
Das Mädchen entriegelte die Küchentür, um in ihr Zimmer zu gehen und sich nochmals zu kämmen fürs Frühstück. Draußen stand Anna, ein Bild des Jammers. Sie näherte sich schüchtern.
»Du, ich meine es doch gut, Fräulein! Nimm mich doch mit und versteck mich! Die Arche ist so groß, und wegen einer alten Frau wie mir wird kein Aufhebens sein! Bitte, du, nimm mich doch mit! Ich hab

solche Angst!« Sie streichelte flehentlich den Ärmel des jungen Mädchens und blickte sie hündisch ergeben an.
»Na gut, ich nehm dich mit. Versteck dich halt in meinem großen Kleiderkorb. Der ist sowieso noch nicht ganz voll. Vor dem Essen lass ich ihn hinüberschaffen, und wenn wir dann schwimmen, kommst du heraus und bleibst eben dann immer in meiner Kammer.«
»Danke, dank dir tausendmal! Du meinst doch nicht, dass die Arche wegen mir nicht schwimmt? Ich hörte, es ist alles ausgerechnet?«, fragte sie ängstlich und hielt den Ärmel fest.
»Ach Blödsinn, ja, es ist schon gut. Naja, nun lass mich schon gehn!« Sie riss sich los und nahm gleich auf dem Gang die Haarnadeln heraus, damit's schneller ging, denn sie hörte an dem Stimmengewirr, dass bereits die ganze Familie versammelt war.
»Grenzenloses Benehmen!«, murmelte sie.

Der Morgen

Das Seil

»Stück Brot haben?«, fragte Ham, zog eins aus dem Kittel und hielt es dem keuchenden Japhet hin. Japhet nahm es grunzend an und lehnte sich schnaufend an seinen Gitterkäfig.
»Ich hab keine Lust, mit der ganzen Familie zu frühstücken. Hast du Sem gesehn? Ich glaube, er führt einen sogenannten Lebenswandel. Ist die ganze Nacht

nicht heimgekommen. Seine Frau kombinierte bereits die dollsten Sachen.«

»Sem?«, lachte Japhet. »Ausgerechnet! Warum nicht gar. Er ist viel zu geizig. Seine Frau ist herzig. Ich hab so dumme Frauen unheimlich gern. Leider hab ich in der Beziehung Pech!«

»Womit ihr Last habt!«, sagte Ham halb bewundernd mit vollem Mund. »Sogar mit eurer Erotik. Das möcht ich verstehen lernen!«

»Das hat doch mit Erotik nichts zu tun. Ich rede doch von Ehe und verwandten Gebieten!«

»Ich auch«, sagte Ham, »besonders die verwandten Gebiete scheinen Schwierigkeiten am laufenden Band zu erzeugen. Traurige Umstände!«

»Hoffentlich nicht!«, sagte Japhet erschrocken. Er verschluckte sich und drehte sich unwillkürlich nach seinem Käfig um. Der Panther lag apathisch blinzelnd da und knurrte ab und zu.

»Das wär er also«, stellte Ham fest und trat näher. Undeutlich überlegte er, wozu der Laubhaufen in der Ecke gut sei, Panther fressen doch Fleisch, ob da welches drunter war?

»Wie hast du ihn gefangen?«

»Ganz einfach ... Man nehme ein ägyptisches ... ach was, ich bin blöd, entschuldige. Diese Schlepperei macht einen ganz hin. Man nimmt einfach ein Seil. Fallgrube, weißt du. Mit dem Seil fesselt man ihn«, dozierte Japhet etwas unzusammenhängend.

»Sieh an, sieh an«, sagte Ham anerkennend und streifte mit einem schnellen Blick den niedlichen, bräunlichen Fuß, der eine vergoldete Sandale trug und unter dem Laub hervorschaute. »Patent«, sagte er anerkennend. »Na, ich werd mich mal woanders hinwälzen. Ich hab noch gar nichts getan heut früh, noch nicht mal als ob.«

Er winkte mit der Hand und ging gegen die Stadt hin. Japhet zog seinen Käfig zur Arche hin.
›Ein Seil, sieh an, ich wusste ja … Manche Leute nennen ja ihre Schwiegertochter altmodischerweise *Schnur*. Also das ist ein Seil. Ein starkes Stück. Dabei ist das gewiss nicht die Schwiegertochter des ehrwürdigen Alten. Ein Seil. Sieh an.‹ Er pfiff zweimal schrill und schlenderte davon.

Seid klug wie die Schlangen

Sem hatte einen leichten Schlaf und erwachte sofort, als ihn die kostbare Dame leicht an der Schulter berührte. Sie hatte einen Leuchter in der Hand, denn im Zimmer war es noch finster. Die Läden waren noch zu. In diesem Haus schloss man die Läden früh um fünf und öffnete sie zwölf Stunden später. »Rück!«, sagte die kostbare Dame, stellte den Leuchter auf ein Tischchen und kletterte mit den Knien voran in das riesige Prunkbett, das von Kissen, Polstern und Decken überfloss. »Brauchst du das grüne Kissen da? Gib mir das mal. Er schläft wie ein Toter, ich versteh das nicht. Der hat auch gar keinen Anstand!« Sie rückte hin und her, um eine bequeme Lage zu finden. »Besonders der. Ich möchte einmal erleben, dass er es zuwege brächte, einer durchsoffenen Nacht eine Jagd folgen zu lassen. Und so ein Kerl erbt nun ungezählte Gelder!« Sie rutschte nochmal hin und her.
»Wenn du dann endlich still liegst!«, sagte Sem in gefährlichem Tonfall. Sie zog erschrocken den Hals etwas ein und hielt den Atem an. Sem betrachtete ihr Hemd, das aus hellblauer Seide war und auf das klei-

ne Städte, Tiere, Sterne und Sonnen gestickt waren. Dann richtete er sich halb auf, stützte sich auf den rechten Arm und begann mit den Fransen der Decke zu spielen. Unter seinem Ellbogen knisterte etwas. Das waren die Rechnungen. ›Wenn er die bezahlt kriegte, konnte er auf die Stadtkasse pfeifen. Sie sagt, er hat Geld‹, dachte er schnell. ›Sie weiß also auch, wo. Sie ist zu schlau, um allein von seinem Geldausgeben auf seinen Reichtum zu schließen. Viele geben Geld aus und haben es gar nicht. Eigentlich raffiniert. Er bezahlt nur nicht gern, ist nie zu Hause. Nebenbei ein ganz umgänglicher Knabe. Ist mir mindestens fünfundzwanzigmal um den Hals gefallen, wobei er mich Bruder nannte. Wenn er mich kennte, wäre ihm das auch nie passiert. Da sieht man, wozu Weiber gut sind!‹ Er lächelte und hob in schnellem Entschluss den Kopf. Sie sah ihn gespannt und wachsam an. ›Ein komischer Mann‹, dachte sie, ›er denkt an etwas ganz anderes, als jeder andere an seiner Stelle täte. Er ist völlig ungerührt, und wie viele würden ihn um seine Situation beneiden! Sie betrachtete seine Zähne, die er beim Lächeln zeigte, mit zärtlichem Interesse. Im Zimmer war es ganz still. Der Lärm der Stadt drang nicht bis in diesen abgelegenen Raum. Es war ja noch früh, acht Uhr vielleicht. Räderrollen und das Geschrei der Reiter und Läufer, die die vornehmen Wagen begleiteten, würde man sogar hier hören, wenn die Sonne ihren höchsten Stand erreicht hätte. Aber um diese Zeit fuhr noch niemand aus. Sie möchte auch einen Wagen haben. Naja, kommt schließlich auch mal, die Zeit. Sie sah sich im Geist durch die Straßen fahren, vornehm in einem Brokatpolster, und hörte die Stimmen der Vorreiter, die gellend »Platz! Platz!« schrien. Plötzlich bemerkte sie, dass er sie schon eine geraume Weile betrachtete, und trennte sich vom Anblick seiner Zähne. Sie begegnete seinen Augen. »Nun?«, sagte Sem halb spöttisch und legte leicht seine Finger um ihren Hals. »Er hat also Geld, glaubst du?«, sagte Sem etwas später und nagte an seiner Unterlippe. »Natürlich hat er – ich bin doch nicht so albern und verschenke etwas, das sich verkaufen lässt – außer ich hab Spaß am Verschenken.« ›Es gibt verdammt gescheite Weiber‹, dachte er in kollegialer Bewunderung. ›Gott sei Dank, dass meine Frau dumm ist. Ich wusste schon, was ich tat, als ich …‹

»Hör zu«, sagte er rasch, »offene Karten. Hier sind fünf Schuldscheine. 6000 Taler. Du wirst mir das Geld geben. 25% Provision.«

»Sofort?«

»Sofort!«

Sie sprang aus dem Bett, zog einen Morgenrock aus dem Schrank, nahm den Leuchter in die Hand und öffnete behutsam die Tür. Sem schaute ihr nach, wie sie ruhig und gelassen auf den Gang hinaustrat.

›So ist das nun‹, dachte er, ›man kann nicht Recht tun, ohne Unrecht zu tun. Dass der Vater sein Geld kriegt, ist Recht; dass ich meine Frau betrüge, ist Unrecht. Sie wird später froh sein, wenn sie was erbt!«

Als die kostbare Dame wiederkam, stand Sem angezogen neben dem Tisch, auf dem die Rechnungen lagen. Sie goss schweigend den Inhalt eines Beutels auf den Tisch. »Zähl nach, es muss stimmen!«

Er zählte schnell und legte den vierten Teil auf die Rechnungen. Die Dame schob die dünnen Goldblechtaler wieder in den Beutel, stopfte die Rechnungen dazu und sagte: »Wie willst du das wegbringen, ohne den Weg mit Talern zu markieren?«

Sie weidete sich an seiner Ratlosigkeit, schaute sich um, hob ihr Nachthemd vom Boden auf und riss es

schnell mitten durch. »Glaubst du, ich hab nur eins?«, beantwortete sie seinen entsetzten Blick, während sie geschickt die Taler einrollte. »Hier hast du auch ein Andenken an mich!«
»Du bist ..., ich bewundere dich! Du könntest ein Mann sein!«, sagte Sem ehrlich. Die kostbare Dame lachte.
»Das ist ein Lob, wie?« Sie legte den Zeigefinger an die Lippen und deutete mit dem linken Daumen über die Schulter. Aus dem Nebenzimmer drang lautes, tiefes Schnarchen.
»Da bleib ich lieber, was ich bin!«

Und ohne Falsch wie die Tauben

»Wenn mein Mann das täte«, sagte Japhets Frau mit Betonung des Wortes mein, »dann ja. Aber Sem? Niemals! Der betrügt dich nie!« Sie vollendete ihren Satz in Gedanken: ›Frauen kosten Geld, und Sem ist sprichwörtlich geizig. Nie.‹
Sems Frau stand am Fenster und seufzte: »Wenn ihm nur nichts zugestoßen ist!«, sagte sie jammernd.
›Dem stößt auch nichts zu‹, dachte Japhets Frau, ›so vorsichtigen Leuten kann gar nichts zustoßen.‹ Laut sagte sie: »Ach, reg dich nicht auf, mein Liebchen, er wird schon wiederkommen. Ich traue ihm nichts Unrechtes zu.«
Die andere schluchzte: »Ich bring mich um, wenn er mich betrügt!«
»Dich?«, sagte Japhets Frau erstaunt, »wieso dich? Ihn!«
»Aber man kann doch keinen Menschen umbringen, das ist doch Sünde!«

Sie schnupfte in ihr Taschentuch.
»Nun!«, sagte Japhets Frau etwas ratlos.
»Wo ich ihn doch so geliebt habe! Und meine armen Kinder! Und er ist doch ein so intelligenter Mensch!«
Sie hob ein Paar Stiefel auf und trug sie zur Tür. »Was ist los?«, fragte Japhets Frau. »Wohin mit den Pötten?«
»Putzen«, sagte Sems Frau melancholisch.
»Du willst doch nicht etwa sagen, dass du deinem Mann die Stiefel putzt?! Du musst wahnsinnig sein!«
»Wieso?«, sagte die andere vorwurfsvoll. »Er ist doch mein Mann! Und so kann er sie doch nicht tragen!«
»Und Sem lässt sich das gefallen?« Sie schrie beinahe.
»Ja was hast du denn? Das ist doch ganz richtig so.«
Sie schnupfte noch einmal und verließ mit tragischen Schritten das Zimmer.
›Na, ich muss schon sagen‹, dachte Japhets Frau, ›er betrügt mich zwar, aber so was käm bei uns nicht vor. Sie ist sanft wie eine Taube. Grässlich!‹
In diesem Moment steckte Sem den Kopf zur Tür herein. »Meine Frau nicht da?«, fragte er kurz. »Wie du siehst«, sagte Japhets Frau gewinnend. »Sie glaubt, du seist bereits nicht mehr unter den Lebenden, und hat aus diesem Grunde die Nacht in einer Art von Totenklagen hingebracht. Bis drei Uhr glaubte sie noch, du seist im Bordell. Aber dann hat ihr reger Geist dir die unterschiedlichsten Aufenthaltsorte zugedacht, a) die halbverschüttete Zisterne, b) den Fluss, c) das Leichenschauhaus, d) eine finstere Gasse, wo du tot liegst, bis auf die Haut ausgeraubt, e) …«
»Die Unterwelt«, sagte Sem düster. »Vermutlich hatte ich dort eine Verabredung mit einem weiblichen Dämon. Eine finstere Phantasie!«, schloss er gutgelaunt.
Seine Frau kam herein mit den Stiefeln. Sie sah ihn mit vorwurfsvollen Blicken an, und ihre Augen füllten sich mit Tränen.

»Mein Täubchen«, sagte Sem schlicht und lieb, »willst du mir meinen roten Rock geben? In dem hier kann ich nicht arbeiten.« Sofort versiegten ihre Tränen.
»Nein«, sagte sie entschieden, »das kannst du von mir nicht verlangen, der ist schon eingepackt ganz unten im Koffer. Das geht nicht!« »Ich kann ihn mir selbst rausholen«, sagte Sem verträglich.
»Nein, ich hab den Koffer schon fertig gepackt. Das kannst du von mir nicht verlangen. Und mach bloß keine Flecken in den Rock, den du anhast. Ich habe keine Lust, immerfort zu putzen und deinen Kram in Ordnung zu halten!«
Sem zog die Schultern hoch, räusperte sich und verließ das Zimmer.
›Na, ich muss schon sagen‹, dachte Japhets Frau.

Der Mittag

Wasser

Japhet kam träge den Gang entlang. Er hatte nichts an, wenn man von den Stiefeln in seiner rechten Hand absah. Seine Haare hingen ihm zerwühlt ins Gesicht. Beim Geräusch einer sich öffnenden Tür hielt er nachlässig das Hemd vor den Bauch, gab aber diese Vorsichtsmaßregel sofort wieder auf, denn das Wesen, das aus der Tür strebte, war ein männliches und gleichfalls nackt. Wie zwei wilde Stiere brüllend stürzten Vater und Sohn aufeinander zu. Der kleine Knabe umklammerte das Bein seines Vaters und biss ihn mit spitzen Zähnen in den Oberschenkel. Japhet

packte seinen Sohn um den Bauch, was er quietschend mit Gestrampel quittierte und Japhet flüchtig an seine Schwester erinnerte. Er schwenkte ihn nebst Hemd und Stiefel in die Luft und brüllte, als sollte das ganze Haus von ihren Unternehmungen unterrichtet werden. »Gehst du mit mir baden? Alter Rosstäuscher?«
Der alte Rosstäuscher hielt im Strampeln inne, kreuzte die Beine in der Luft und sagte geheimnisvoll flüsternd: »Wir essen gleich!«
»Wir auch«, sagte Japhet, und setzte den alten Rosstäuscher wieder auf den Boden.
Er klopfte mit dem Hemd an seine Stiefel.
»Brot und Wurst und fünf Äpfel. Ist die Mama schon angezogen?«
Der alte Rosstäuscher grinste.
»Du hast dich ums Zuknöpfen gedrückt und ich musste herhalten. Bei mir gibt's das mal nicht. Was krieg ich dafür, dass ich dich so gut vertreten habe?«
»Einen Apfel mehr.«
»Mindestens«, sagte der alte Rosstäuscher selbstzufrieden. Japhet nahm ihn unter den Arm und trug ihn unter lauten Klagereden aus dem Haus hinaus an den Fluss.
»Ich bin Erpressern in die Hände gefallen, scheußlichen, entmenschten Verbrechern. Sie ziehen mich aus bis aufs Hemd, sie ruinieren mich, sie untergraben meine Gesundheit, sie zernagen mir meinen Lebensfaden. Ich bin ein tief beklagenswerter Mann!«
Er jammerte mit wahrer Begeisterung. »Die Stiefel hast du noch«, stellte der Erpresser fest.
»Die Stiefel«, Japhet blieb stehen und betrachtete sie schmerzerfüllt.
»Die Stiefel! Teures Angedenken längst vergangener Tage! Au, das verdammte Schilf!«

Er warf den Knaben schwungvoll in den Fluss. »Und er schuf die Vögel unter dem Himmel.«
Der alte Rosstäuscher kam pustend und schnaufend hoch.
»Und große Walfische und allerlei Getier im Meer!«, respondierte er. Japhet schmiss Stiefel und Hemd am Ufer hin und watete ins Wasser.
»Und er sah, dass es gut war!«
Nachher lagen sie unter der Weide am Ufer im Schatten und trockneten.
»Wir sollten doch lieber zum Essen reingehen«, schlug der alte Rosstäuscher vor.
»Hast du noch nicht genug zu essen gehabt? Denen ihr verdammter Maisbrei ist auch nicht besser.«
»Nein, aber wir müssen trotzdem gehen. Denn erstens haben Mama und Tante gewettet, ob du zum Essen kommst oder nicht. Wenn Mama ihre Wette verliert, weil du kommst, freut sie sich blödsinnig, und das ist doch leicht gemacht. Außerdem erzählte mir Ham im Vertrauen, er hätte was anderes zum Essen mitgebracht. Wild oder sowas!«, schloss er diplomatisch.

Japhet erhob sich gestärkt. »Auf, auf, mein Herr, besteigen Sie Ihren edlen Renner, den hochberühmten wilden Wasseresel, und eilen Sie auf seinem Rücken zum festlichen Mahle!«
Sie nahmen das Haus im Sturm. Vor der Küchentür begegnete ihnen Anna. Der Wasseresel schrie erschrocken auf und verbarg sein Gesicht hinter seinem Hemd, als er an ihr vorbei mit seinem Reiter in sein Zimmer raste. Anna faltete die Hände über ihrer flachen Brust und sah ihnen in stummem Entsetzen nach. Vor ihrem geistigen Auge erhoben sich die angekündigten Wassermassen, und die Angst vor dem

unvermeidlichen Strafgericht ließ sie, trotz des Versprechens mit dem Kleiderkorb, mit den Knien zittern. Sie hatte das Gefühl, als müsste sie, sie ganz allein, für die Sünden dieses ganzen gottlosen Hauses büßen, sie, die nie die Schuld einer Sünde auf sich geladen hatte und in der Furcht des Herrn lebte. Kummervoll schlurfte sie in das Zimmer, das den rettenden Korb beherbergte, quartierte sich unter den Kleidern ein und schloss, von Hitze und Müdigkeit überwältigt, die Augen – ein schlafender Gerechter unter 99 wachen Sündern.

Feuer

»Daran hat natürlich keiner von euch gedacht!«, sagte das Mädchen und hielt die Hand vor die Kerze, um sie vor Luftzug zu schützen. Die Familie sah ihrem Tun verständnislos zu. Noah wischte sich den Mund mit dem Handrücken und schmatzte zweimal. »Na ja«, wiederholte das Mädchen ungeduldig und hielt die Kerze in die Höhe.

»Wenn du damit sagen willst, dass dir endlich ein Licht aufgegangen ist«, sagte Ham und kam um den Tisch herum, ergriff ihre Hand und schüttelte sie bewegt, »so möchte ich dir meine Glückwünsche auch im Namen der Anwesenden übermitteln und hoffe nur, dass du es auch unter uns hirnverdunkelten sterblichen Leuten lassen wirst. Wenn erst der Tod das Lichtchen …«

Das junge Mädchen schüttelte ihn ab und schützte das Licht gegen seine weit ausholenden Bewegungen.

»Versteht ihr denn nicht? Hier wird glatt das Küchenfeuer ausgehen gelassen. Mit Müh und Not hab ich das hier noch gerettet. Wie soll man das nun aufbewahren? Wo habt ihr Kerzen, oder wie? Oder ein Kohlenbecken? Oder habt ihr einen Herd? Einen Kamin habt ihr jedenfalls nicht?«

»Häh«, fragte Noah, ohne zu begreifen, was sie wollte.

»Natürlich«, rief Sem, »Feuer! Mädel! O, wenn wir dich nicht hätten. Wir müssen doch Feuer mitnehmen, Vater, wie ist das mit dem Feuer gedacht?«

»Feuer«, fragte Noah verblüfft, »Feuer? Davon weiß ich gar nichts. Da hat Er mir nichts gesagt. Verdammter Mist!« Er regte sich auf. Seine Frau zog verweisend die Augenbrauen hoch.

»Ich glaube, die Kinder gehen besser an die frische Luft, solange sie noch Gelegenheit dazu haben. Aber zerstreut euch nicht und geht nicht in die Stadt!«

Aufgescheucht verschwanden die verschiedenen Schwiegertöchter mit ihren Kindem.

»Ei Gott, ei Gott!«, sagte Noah ergeben, »so ein verdammter Mist. Das hatte gerade noch gefehlt. Was meint ihr?«

»Kerzen«, schlug Japhet vor.

»Wie viel Kerzen sollen das wohl sein. Eine Kerze brennt vielleicht eine Stunde. In vierzig Tagen sind das, Sem?« Sem rechnete halblaut, wobei er mit dem Löffelstiel aufs Tischtuch kritzelte.

»Dreihundertsechzig.«

Ja, aber das Wasser steht vermutlich länger! Und Kohlenbecken hat auch keinen Sinn, das erstickt einen ja in so einem Kasten!«

»Also doch Kerzen. Los, los. Ich rase in die Stadt und kaufe alle Kerzen, die's gibt. Los, Sem, Geld.«

»Der Kasten sinkt euch ja!«, rief Ham nicht ohne Schadenfreude.

»Ach was, Wachs schwimmt!« Mit diesen Worten

stürzte Japhet hinaus, Sem stürzte hinterher, um ihn zu veranlassen, die Kerzen wenn möglich auf Pump zu kaufen.

»Typisch«, sagte Noahs Tochter.

»Wochenlange Vorbereitung und im letzten Moment fällt ihnen endlich die Hauptsache ein. So ein Blödsinn. Aber das kommt auch nur bei uns vor. Ratten und Kakerlaken werden sorgsam mitgenommen, und das Feuer würden sie vergessen.«

»Na, nun hör schon auf«, sagte Ham unbehaglich. Er hatte bezüglich der Kerzen ein ungutes Gefühl. Wenn es keine, wenn es zu wenig gab? Andererseits weshalb eigentlich? Er werden doch täglich welche gemacht. Noah zeigte sekundenlang die Zähne, wobei er zum Fenster hinaussah. Dann ging er, die rechte Hand wie eine Kralle öffnend und schließend, hinaus in sein Zimmer. Vielleicht würde Gott ihm in letzter Minute offenbaren, was er tun sollte. Im Hof die Sonnenuhr zeigt halb zwei. Noch viereinhalb Stunden hatte das alles hier zu leben, die Leute in der Stadt, das Vieh auf der Weide. Die Vögel würde der Regen mit nassen Flügeln auf den Boden schleudern, wo sie ertränken.

Der Hahn im Hof, der auf die Sonnenuhr geflogen war, schrie triumphierend. Noah lächelte melancholisch und schlurfte in sein Zimmer.

Siesta

Die Mittagshitze lastete über dem Haus. Der Hahn im Hof hatte längst seinen Platz auf der Sonnenuhr verlassen und hielt seine Siesta im Keller. Der Boden glühte förmlich, und ein Mann, der unter der Tür der

Arche stand, zögerte sichtbar, ihn zu betreten. Die Dame am Fenster beobachtete gespannt, wie er mehrmals einen Fuß hinaussetzte und wieder zurückzog. Schließlich verschwand er endgültig in der Arche. Er hatte es aufgegeben. Die Dame seufzte enttäuscht. Ob er, wenn er hinausgegangen wäre, ob er Feuer gefangen hätte? Ob seine Füße geraucht hätten? Der Boden wird ihm unter den Füßen zu heiß. Sie dachte dabei an ein albernes Sprichwort. Ob das mit gutem oder schlechtem Gewissen zusammenhängt? Würde beispielsweise ein Sünder mehr Hitze spüren als ein Gerechter? Gerecht ist überhaupt eine unzulängliche Bezeichnung. Im Haus hörte man eine zornig weinerliche Stimme, einige kräftige Schläge und lautes Kinderweinen.

›Ich möchte nur wissen, warum sie ihre Kinder immer prügeln müssen!‹, dachte die Dame aufgebracht. ›Ich hab vier Kinder großgezogen und keine geprügelt … Anfangs schon, aber ich hab bald gemerkt, dass das keinen Sinn hat. Aber die lassen sich ja nichts sagen. Man muss doch bisschen Geduld aufbringen, zum Teufel! Ich möchte nicht mein ganzes Leben immer den ergebnislosen Erziehungsversuchen meiner Schwiegertöchter zusehen müssen. Bloß nicht!‹

Ob ihre Tochter auch so würde? Grässlich. Sie war die Einzige, die an das Feuer gedacht hatte. Das sieht Noah wieder mal ähnlich. Oder wie? Kann er etwa nicht fragen? Schließlich ist er's doch, der mit Gott verkehrt, wir doch nicht! Er ist überhaupt seither so erhaben. Man sieht nur noch seine Pantoffeln.

›Manchmal frage ich mich‹, dachte sie beunruhigt weiter, ›manchmal frage ich mich, ob er überhaupt etwas gehört hat. Ich meine *wirklich* gehört.‹ Sie erinnerte sich an ihren Vater, der mit zunehmendem

Alter auch solche Merkwürdigkeiten hervorgekehrt hatte und damit seine Familie in Atem hielt, bis es sich endgültig als Altersschwachsinn herausgestellt hatte. Sie erinnerte sich auch, wie befreit sie waren, als die täglichen Aufzählungen sämtlicher Höllenstrafen wegfielen und die Hand des Herrn nicht mehr auf ihnen lastete. Weiß der Himmel, welchen profanen Ursachen Noahs düstere Prophezeiungen zuzuschreiben waren. Männern muss man ja ohnehin nicht zu viel glauben.

Sonderbarerweise haben Sem, Ham und Japhet diesmal ohne Widerrede gefolgt und mit dem Bau dieses fichtenen Ungetüms begonnen. Sonst maulen sie doch beim geringsten Anlass. Aber die halten ja immer zusammen. Oder wollten sie so einen alten Mann nicht erst kopfscheu machen, indem sie sein Ansinnen gleich von vornherein ablehnten? Im Ganzen erscheint es doch als eine sehr unsichere Sache. Dass Noah noch auf seine alten Tage so herumzuspintisieren anfängt – er war doch ein kluger Mann, als sie ihn heiratete –, ist das zu verstehen, dass er jetzt solch merkwürdige Dinge sieht und hört und tut?

›Wie parteiisch‹, dachte sie weiter, ›wie parteiisch von seinem Gott! Warum gerade Noah und seine Familie? Warum zum Beispiel nicht Abimelech, der Geldverleiher und seine Familie, die noch dazu viel zahlreicher ist?‹

›Vielleicht‹, dachte sie plötzlich beängstigt, ›sollen gerade wir vernichtet werden. Aber nein, warum gerade wir? Vielleicht würde statt Wasser ein Blitz vom Himmel die Arche treffen und alle, die darin sind, jämmerlich verbrennen. Wozu musste man auch Wanzen und Ratten und Schlangen mitnehmen, unnützes, stinkendes Viehzeug? Diesem Gott war nicht zu trauen.‹

Die Dame nahm aus einem länglichen Futteral aus Bambus, das mit verblichener blauer Seide gefüttert war, eine Jadefigur – ein kleiner fremder Gott. Sie strich liebevoll mit den heißen Fingern über die glasig glatte Gestalt, legte sie einen Moment an die Wangen und spürte ihre sanfte Kühle mit Vergnügen.
Dann legte sie sie sorgsam wieder in das Kästchen zurück. ›Er wird mir nicht erlauben, das mitzunehmen‹, dachte sie, ›ich kann ihn also gar nicht deswegen fragen. Am besten, ich nehme sie so mit. Ob Gott wohl zornig wird, ich meine Noahs spezieller Gott? Und ob das sehr schrecklich wird? Götter sind so mächtig ... Ach was, ich nehme sie mit, deshalb sinkt die Arche auch nicht.‹

Der Abend

Aufbruch

Der Krakeel am Eingang der Arche war unbeschreiblich. Ham hatte eine große Auseinandersetzung mit mehreren Familienmitgliedern und schrie, dass man im Hof hinterm Haus bequem jedes Wort hören konnte.
»Zum Teufel nochmal, wer hat den verdammten Kasten gebaut? Mit was für Blödsinn kommt ihr hier nicht noch an! Das hält das Ding doch gar nicht aus. Hab ich nicht x-mal gesagt, nur das Notwendigste kommt mit? Ich könnte euch jedes Haar einzeln ausraufen! Für meine Arbeit stehe ich ein, aber ich übernehme keine Verantwortung, wenn wir auf Grund

gehen. Du da hinten, stell mal sofort die Kiste hin! Wem gehört die Kiste?«
»Deiner Frau«, sagte Sems Frau besonders sanft. Ham öffnete den Mund zu einer Entgegnung, verschluckte sie aber und visitierte weiter streng die verschiedenen Gepäckstücke.
»Wem gehört diese verdammte Schachtel hier?«
»Es steht drauf«, sagte die Familie mit schadenfrohem Grinsen. Zwei Träger schleppten im Schweiße ihres Angesichtes stöhnend einen riesigen Korb mit Deckel. »Wem gehört das?!«, fragte Ham wütend.
»Hams Frau«, erwiderten die Träger, setzten den Korb schwitzend ab und lehnten sich keuchend dagegen.
»Der Korb bleibt draußen«, sagte Ham empört. »Den anderen Mist, auch euren, meinetwegen rein. Ich möchte nur wissen, wo diese Unmassen herkommen, die sie hier wegschleppt. Ich hab bei uns noch nie so viel gesehen.«
Er betrachtete ratlos und wütend den großen Korb und begann, die Stricke zu lösen. »Ein verdammter Mist«, sagte in diesem Moment Noah hinter ihm zu Sem und Japhet, die niedergeschlagen und etwas zerrauft neben ihm hertrödelten.
»Verdammter Dreck! Es gibt in der ganzen Stadt keine Kerzen. Nirgends! Die Fabriken haben drei Feiertage und stellen nichts her. Und heut und gestern sind sämtliche Kerzen von einer Frauensperson aufgekauft worden. Diese verfluchten Weiber! Wenn bloß die Weiber nicht wären! Die treiben auch nichts wie Unfug und richten überall ein säuisches Unheil an. Was zum Teufel will sie mit so viel Kerzen?«
»Verdammt nochmal, es ist zum Kotzen. Eine nette Schweinerei! Nachher, wenn wir aus dem doofen Laden draußen sind, können wir nicht mal was Warmes in den Wanst kriegen!« Japhet spuckte aus. Ham zer-

brach sich fast die Nägel an den Knoten. Seine Frau kam vorbei, ihr kleines Kind auf dem Arm. Sie berührte leicht seine Schulter.
»Lass das doch, was soll das denn? Nachher muss ich das wieder zumachen.«
»Ja, überhaupt, was soll das«, schrie Ham aufgebracht, »wie viel Mist schleppst du mit? Ich will wissen, was da drin ist. Kein Mensch schleppt so viel mit wie du! So eine Eselei!«
Mit einem Ruck riss er den Deckel hoch. Der Korb war bis obenhin mit Kerzen gefüllt und verbreitete irgendwie ein mildes Lächeln. »Häh?«, sagte Noah, leicht blöde. Hams Frau zog die Augenbrauen fast unmerklich in die Höhe und ging gelassen in die Arche. »Gottverdammich!«, sagte Noah.
»Nichts wie Unfug und säuisches Unheil!«, erwiderten Sem, Ham und Japhet fast gleichzeitig mit erleichtertem Grinsen.

Das Gewitter

Die Hitze wurde immer drückender. Ein Gewitter kam auf. Der Himmel verwandelte sich zusehends von Gelb in Violett, und es war, als bestünde er aus Watte, senkte sich ganz tief herab und beschwerte das Atmen. Den Trägern rann der Schweiß in Strömen herab, während sie in Eile die letzten Kisten in den geräumigen Bauch der Arche schleppten. Ab und zu warfen sie einen flüchtigen Blick auf den sich verfinsternden Himmel, schraken auch manchmal auf, wenn ein vereinzelter Donnerschlag hinter der Wolkendecke hörbar wurde, und hetzten weiter, von Sem und Japhet stimmgewaltig angetrieben.

Noah stand allein als Letzter auf der Schwelle seines Hauses. Er fühlte leises Bedauern, dieses Haus verlassen zu müssen. Mit in den Nacken gelegtem Kopf den drohenden Himmel betrachtend, überdachte er die Zeit, die er in diesem Hause verbracht hatte. Er dachte an seine Kindheit, wo vor dem Haus noch ein Olivenwäldchen gewesen war. Er dachte an den Tag, wo das Wäldchen umgelegt wurde und die Zisterne gestochen und der Garten angelegt, anlässlich seiner Hochzeit. Alle seine Kinder waren hier geboren und seine Enkelkinder auch. Er liebte dieses Haus, seine Säulen, an die er sich gerade lehnte und deren Kühle er als angenehm empfand. Er verließ es wirklich ungern. Aber Gott sagte ihm, geh! Also musste er gehen. ›Vielleicht wäre ich früher auch nicht so ohne weiteres gegangen. Meine Söhne werden vielleicht auch meutern und es darauf ankommen lassen. Wenn ich nur allein wäre, nur die Verantwortung für mich hätte, ich würde auch dageblieben sein. Aber ich muss für meine Familie denken, an meine Familie denken. Und ich habe kein Recht, ungehorsam zu sein. Es wäre auch schön, hier sitzen zu bleiben, das Wasser zu erwarten und hier zu sterben, an diese blaue Marmorsäule gelehnt. Und vor mir würde die Arche schwimmen, mit allen meinen Leuten und all den Tieren, und sie würden gerettet sein. Es wäre so ein schönes Gefühl, endlich ausruhen zu können. Ich bin so müde …‹ Er ließ den Kopf auf die Brust sinken.

Ein entsetzlicher, lauter Donner ließ ihn auffahren. Es klang, als hätte man hundert starke Leintücher plötzlich zerrissen und anschließend in einem leeren Zimmer viele schwere Stühle umgeworfen. Urplötzlich erhob sich auch ein erstickend heißer Wind, der den Sand aufwirbelte. Die ersten Tropfen fielen. Und Noah hörte, wie der Herr sagte:

»Gehe jetzt in die Arche mit deinem Weib, mit deinen Söhnen und den Weibern deiner Söhne!«
Noah erhob sich etwas taumelig, vertrat seine steif gewordenen Beine und steuerte durch den Wind, der ihm Sand und Regen ins Gesicht trieb und den Dreck zu seinen Füßen aufwirbelte, auf die Arche zu, warf noch einen letzten Blick auf sein Haus mit den blauen Marmorsäulen, trat ein und löste den Draht, der die Falltür gehalten hatte. Die Tür stürzte krachend herunter. Noah stand in dem dämmerigen, stickheißen Gang, der dieses Stockwerk der Arche in zwei Hälften teilte, und hörte atemlos zu, wie Gottes Hand draußen die Bohlen vorlegte und den eisernen Bolzen kräftig hinter den Riegel stieß.

Der getreue Knecht

Der Regen rauschte gleichförmig wuchtig nieder. Jeder Regentropfen schien unendlich viel Wasser mitzubringen. Noah lauschte auf das Geräusch, als er oben in seinem Gemach unter dem Glasfenster saß, auf das die dicken Tropfen herunterfielen, mit harten Klopftönen. Es war sehr heiß. Die Familie hatte sich, einigermaßen überrascht durch die Heftigkeit des Regens, sogar zum Teil tief beeindruckt, in ihre Gemächer zurückgezogen und war fast nicht zu hören. Die Tiere in den untersten Stockwerken schnarrten oder grunzten ab und zu träge. Die meisten schliefen, manchmal knurrte eins im Schlaf.
Noahs Frau bemühte sich nun schon seit einer Stunde, ruhelosen Geistes, in anmutiger Haltung auf ihrem Ruhebett liegend, zu ergründen, nach was alles es hier roch. Sie kam nicht dahinter, aber so viel

stand fest – es war ein abscheulicher Geruch. Sie zog, ohne es zu bemerken, die Mundwinkel herab. Dann dachte sie an den Schrein aus Bambus, blau ausgeschlagen, in dem der kleine Jadegott lag. Ham wachte einen Moment auf, erinnerte sich befriedigt der zwanzig Handwerker und schlief erschöpft weiter. Japhet strich durch die Ställe. Im Kittel verbarg er Kuchen und Obst für seine kleine Freundin ... ›Nichts zu machen‹, dachte er, ›sie kratzen sich bereits, alle meine Leute. Na ja ...‹ Sem ordnete seine Bücher und Rechnungen. Zufällig stieß er auf dem Grund des Koffers auf eine rohrgeflochtene Schachtel. Er warf einen Blick auf seine Frau, die am Tisch saß mit dem üblichen hilflosen Gestammel von ihrer und dem kraftvollen Gebrüll von des Kindes Seite, und öffnete die Schachtel. Sanft und mit einem gewissen Gefühl der Hochachtung strich er über das Stück Stoff, das die Goldstücke bedeckte und mit silbernen Tieren, Häusern und Sternbildern bestickt war. Noahs Tochter befreite Anna aus dem Kleiderkorb, und jede von ihnen empfand einen harmlosen Stolz, eine ungefährliche Freude über sich selbst – Anna, weil sie sich gut vorkam und weil sie sich gerettet glaubte und weil somit ihr Glaube an die Gerechtigkeit des Himmels keine Einbuße erlitt, und das junge Mädchen dachte an das Feuer und bewunderte gleichzeitig neidlos den praktischen Sinn ihrer Schwägerin, die an die Kerzen gedacht hatte. Noah aber sprach mit Gott.

»O Herr«, sagte Noah, »ich bin Dir ein getreuer Knecht gewesen alle Zeit. Und ich hab Ddir gehorcht, so gut ich konnte.

Du weißt, wie viel Unbill ich zu leiden hatte von den Menschen, vor allem in meiner Familie. Sie verstehen mich nicht, und ich weiß wohl, dass sie mich ei-

nen alten Narren nennen. Du aber siehst das Verborgene. Du trennst Gut und Böse und kennst die Gerechten und die Sünder. So bitte ich Dich, lass mir Gerechtigkeit widerfahren ...«
In diesem Moment ging ein Zittern durch die ganze mächtige Arche. Man hörte den Boden der Arche auf Sand und Kies knirschen, es war, als schüttelte sie sich, und mit einem Mal vertauschte sie das Gerüttel mit einem sanften Schaukeln. Noah fühlte eine starke Erleichterung. Nun stand das Wasser schon zehn Meter über der Erde. Nun würden seine Leute es glauben, dass der Herr wirklich mit ihm gesprochen hatte. Nun würden sie merken, dass sie ihm Unrecht getan hatten. Der Herr ließ ihm Gerechtigkeit widerfahren. Er offenbarte sich nicht nur ihm, sondern allen zusammen in und außer dem Kasten. Er setzte sich stumm und schwach mit gefalteten Händen in seinen Sessel, legte den Kopf zurück und schloss die Augen. Dies war der Augenblick der Rechtfertigung für ihn. »Ich habe alles getan, was in meiner Kraft stand, o Herr«, flüsterte er, »Du weißt das. Sie haben es mir nicht leicht gemacht.«
Der Herr sah die drei blauen Windspiele Noahs – immerhin noch das geringste Übel. Er sah die zwanzig Handwerker und das ägyptische Mädchen, er sah das blaue, silbergestickte Hemd mit Goldstücken gefüllt und Anna im Zimmer von Noahs Tochter. Und er sah auch die Bambusschachtel mit der kühlen kleinen Götterfigur aus Jade. ›Je nun, ich habe das vorher gewusst, dass sie mich beschwindeln werden‹, dachte er milde, ›sie können es nicht lassen. Es wird wohl nicht viel Sinn haben, diese Flut. Sie wollen mich übers Ohr hauen, die Kerls. Aber alles in allem, sie sind doch ein liebenswürdiges Geschlecht, diese Menschen, und nachdem ich sie nun einmal erschaf-

fen habe, müssen wir wohl alle miteinander irgendwie weitermachen.‹ Er lächelte. »Noah!«, sagte er liebevoll, »Noah, du bist, wahrlich, du bist ein getreuer Knecht. Du hast unheimlich geschuftet, besonders heut!«

»Ach nein, Herr«, sagte Noah lächelnd, »Du tust mir zu viel Ehre an. Es war ein ganz gewöhnlicher Tag!«

[Meinen Leuten gewidmet. Weihnachten 1945]

Fritz Mühlenweg: Zum Geleit [1961]

Kinder berühmter Väter haben es nicht leicht. Schon früh nannte Nelly ihre Gedichte und Geschichten als von Nelly, alias Dix, geschrieben, damit keiner auf den Gedanken käme, sie poche auf den Namen. Auch die Väter haben es nicht leicht. Sie werden geliebt, doch sie ziehen mit Gebrumm durch manche Geschichten und raunzen so herum, bis zum Schluss, wo sie zeigen dürfen, wer sie sind.

Der alte Noah hatte es schwer. Niemand glaubte ihm, dass der schlimme Tag des Untergangs nahe sei; schließlich zweifelte er selber daran. Als aber der Himmel einstürzte und als das Wasser ohne Aufhören rauschte, sagte Noah nicht: »Hab ich's euch nicht gesagt?« Er blieb gelassen, demütig und streng. Er blieb so, wie sich eine liebende Tochter den Vater vorstellt, der ein Unglück durchsteht. Als selbst der Herr einen verzagten Noah vorzufinden glaubt und ihn durch Zuspruch aufrichten möchte, antwortet ihm der Unverzagte: »Ach nein, Herr, Du tust mir zu viel Ehre an. Es war ein ganz gewöhnlicher Tag.«

Als Nelly, alias Dix, diese erste ihrer biblischen Geschichten vorlas, war sie zwanzig Jahre alt. Sie las eilig, gleichsam obenhin, als ob sie selbst nicht glaube, ihr Schrieb sei ein guter Schrieb. Doch die jungen Schreiber untertreiben ihre Leistung, wenn sie wissen, dass sie gut ist. Nelly wusste es, und wir empfanden es auch. Viel eindringlicher noch wurde mir beim Lesen bewusst, was für eine Erzählerin Nelly ist, wie sie die Frauen und die Männer vor uns hinstellt und was dazukommt, wovon wir bislang nichts wussten oder nichts wissen wollten, weil wir es für überflüssig hielten, uns damit zu beschäftigen. Es ist aber nicht überflüssig. Als ich das erkannte, war Nelly schon gestorben, und zwischen jeder Zeile stand eine Träne. Ich kann ihre Geschichten nicht mehr anders lesen.

Ekkehard Faude: Nachwort [2010]

Die Erzählungen von Nelly Dix erschienen erstmals 1961, sechs Jahre nach ihrem frühen Tod. Ermöglicht haben dies verdienstvolle Freundinnen der Autorin – *Gertrud Kinkelin* als Herausgeberin und *Regina Mühlenweg*, die die Texte aus Nellys Handschrift transkribierte. Die großzügige Buchgestaltung, gelobt in Rezensionen, hatte freilich einen Effekt, der erst im Nachhinein zu ahnen ist: Die libertäre Kraft dieser jungen Erzählerin blieb durch die Ästhetik wie verstellt.

Der opulente Band begann mit einem eingeklebten Dix-Bild (»Der Tod und das Mädchen«), auf dem die 17-jährige Nelly porträtiert war. Die Widmung, die auch Bettina, der einzigen Tochter Nellys galt, thematisierte auffallend den 70. Geburtstag von Otto Dix. Dabei hatte Nelly Dix zu Lebzeiten ihren Autorennamen mit einem »Alias« versehen, um ihre Leistung vom Licht des berühmten Namens entfernt zu halten.

Dem Band waren farbige Reproduktionen von Nellys bildnerischer Kunst beigegeben, ein Beweis ihrer künstlerischen Mehrfachbegabung und Vielseitigkeit, noch im Nachhall einer Trauer über den tragisch frühen Tod. Aber zugleich konnten diese figurenreichen Miniaturen um biblische Motive mit ihrem naiv anmutenden Exotismus die Zündstoffe der Erzählungen entschärfen. Die Inszenierung des Buchs lenkte von unfrommen Subtexten eher ab, als es seine Platzierung suchte im Marktsegment »Religiöses Buch« der 60er-Jahre.

Die Rückbindung an den berühmten Vater war effektvoll. Die FAZ brachte im September 1962 einen knappen Hinweis auf das Buch unter dem übergroßen Nelly-Porträt von Otto Dix. Aber: Religiöses Buch? Die junge, lebenserfahrene und in vielerlei Literatur belesene Nelly Dix hatte zur jüdisch-christlichen Tradition eher das Verhältnis einer lebensfroh zugreifenden Agnostikerin erkennen lassen. Als sie im März 1946 den »Zieheltern« Fritz und Elisabeth Mühlenweg in Allensbach ihre erste Erzählung vorlesen wollte, die Geschichte um die Familie Noah, kündigte sie eine »altjüdische Posse« an.

Noch vor dem Inhaltsverzeichnis der Erstausgabe war – ge-

genübergestellt dem wohl berühmtesten Nelly-Porträt von Otto Dix (»Nelly als Flora«) – ein Geleitwort mit faksimilierter Unterschrift von Fritz Mühlenweg abgedruckt. Eine schöne Täuschung; seine kraftvolle Handschrift hatte der bekannte Autor vier Jahren zuvor schon verloren, nach einem ersten Schlaganfall. Als er das Geleitwort schrieb, mühsam mit der linken Hand tippend, im August 1961, war er körperlich schwer beeinträchtigt *(»Er blieb so, wie sich eine liebende Tochter den Vater vorstellt, der sein Unglück durchsteht«)*; Mühlenweg lebte, als er seine wehmütigen Erinnerungen an Nelly aufrief, trotz seines Unglücks gern; dass er wenige Tage später seinem dritten Schlaganfall erliegen würde, ahnte er nicht. Dieses Geleitwort haben wir hier abgedruckt. Nicht nur weil es die Hochachtung weitergibt, die Mühlenweg der heranwachsenden Künstlerin schon früh entgegenbrachte. Es ist auch ein Seezeichen in wenig bekannten Strömungen.

Als das Malerehepaar Fritz und Elisabeth Mühlenweg ab 1936 die Nähe zum bewunderten Otto Dix in Hemmenhofen suchte, am gleichen Bodenseeufer, und daraus eine lebenslange Freundschaft zwischen den Familien wuchs, gewann von den 40er-Jahren an die Beziehung zur früh erwachsenen Nelly Dix für die Mühlenwegs einen Wert für sich. »Zieheltern« und »Ziehtochter« wurden zur liebevollen wechselseitigen Anrede. Fritz Mühlenweg geriet, als er noch Gedichte aus dem Shijing übersetzte und sich an Dramen versuchte, in einen heiteren und spielerischen Austausch mit der jungen Frau, die ihrerseits ihre vielfältigen Begabungen erprobte: in Bildern, in szenischen Stücken. Die beiden amüsierten sich in ihren Briefen über ein herkömmliches, auch schaumschlägerisches Künstlertum, wie es am See Wilhelm von Scholz repräsentierte, und tauschten sich mit der Neugier und der Ernsthaftigkeit von Autodidakten aus, fern von jedem Literaturbetrieb, über Lektüren und den Fortgang ihres Schreibens.

Zu Weihnachten 1944 bekam Nelly Dix ein besonderes Geschenk der Mühlenwegs: das Typoskript von »Tausendjähriger Bambus«, den noch ungedruckten Gedichtübertragungen des Kriegszöllners Mühlenweg, in einer von Elisabeth gestalteten Schmuckkassette. Im Jahr darauf hatte Nelly ihren »Roman«

(so nannte sie flapsig in einem Brief an die Mühlenwegs ihre Noah-Geschichte) schon fertig, als der Maler sich noch an misslingenden Dramen versuchte und an einen Roman gar nicht dachte. Drei Jahre später freilich bekam Nelly eine wachsende Erzählung in fortschreitenden Portionen zu lesen und gab begeistertes Feedback. Mühlenwegs »In geheimer Mission durch die Wüste Gobi« wurde erst im Sommer 1950 fertig und begann ab da seinen Weg in die Weltliteratur.

Unsere Ausgabe soll die Texte dieser unterschätzten Erzählerin unverstellt lesbar machen. Sie hat in ihrer schriftstellerischen Phantasie alle vergrämten Diskurse der Nachkriegszeit unbedenklich überstiegen, in der verschonten Gegend am See war dies leichter möglich als in bombardierten Städten. Der Buchtitel, der die Lebensfreude und den menschenkundigen Blick der Frau thematisiert, ist dem Gedicht entnommen, das sie ihrer kühnsten Erzählung voranstellte. Ein Gedicht, das unterm Titel »Für Judith« veröffentlicht war, noch bevor sie sich an die Geschichte machte. Sie hatte es bei einem Lyrik-Preisausschreiben der Zeitschrift »Die Erzählung« (Südverlag) eingesandt. Prämiert wurde es nicht, so wenig wie die Einsendung von Fritz Mühlenweg (»Bitte an das Neue Jahr [1945]«). Aber im Dezemberheft 1946 waren beide Texte abgedruckt, vereint auf gegenüberliegenden Seiten ...

Unser Umschlagmotiv nutzt ein Mühlenweg-Motiv (»Biblisches Gelände«), das sich Nelly Dix im Sommer 1947 als ihr Lieblingsbild wählte. Der Jonas, der im Vordergrund dem Wal entkommt: wir kennen ihn. Nellys Geschichte vom widerspenstigen Propheten hatte der Maler im Jahr davor gelesen.

Unsere Neuausgabe – eine erste Hälfte der Texte – verdankt sich den entschiedenen Hinweisen von *Anne Overlack*, die den lange vergriffenen Erzählungen in begeisterter Lektüre gefolgt war, und deren biografischer Essay »Nelly Dix – Ein Porträt der Künstlerin in Briefen, Dokumenten und Zeitzeugenberichten« für das *Hegau-Jahrbuch 2009* (»Hegau – Frauen – Geschichte«) entstand. Darin ist auch jene umfangreiche Materialsammlung und biografische Annäherung verarbeitet, die *Elisabeth Kantzenbach* in hingebungsvoller Spurensuche seit 1989 zusammenbrachte und im Eigenverlag veröffentlichte

(Alias. Umrisse des Lebensbildes von Nelly Dix-Thaesler, genannt Nelly Alias Dix /1923–1955/; zuletzt: Roth 2009).
Die Entstehungsdaten der einzelnen Texte, jeweils am Schluss gesetzt, zeigen den privaten Sitz im Leben dieser Erzählkunst und lassen auch ahnen, dass mit listigem Humor manche Realia aus dem Dix-Haus eingefangen waren. So kann sich nach dem Vergnügen über die Frische dieser Prosa und den Perspektivreichtum der rasch entstandenen Texte noch eine andere Bewunderung einstellen: für die Souveränität im Denken dieser Frau, nicht zuletzt ihre unverkrampfte, liebevolle, sarkastische Sicht auf die Menschen, auf Männer wie Frauen, die alle ihre eigenen Fluchten versuchen. Wie modern das eigentlich war, müsste erst ausgelotet werden. In Deutschland wurde, als Nelly Dix ihre Judith auf den Weg einer desillusionierten Liebe führte und die Machtspiele der Männerpolitik durchstehen ließ, zum Beispiel Elisabeth Langgässers »Das unauslöschliche Siegel« gelesen. Christa Wolf, Ingeborg Bachmann und Ruth Rehmann als Generationsgenossinnen waren noch nicht sichtbar.
Die posthum erschienenen Texte wurden u. a. in einem kritischen, turbulenten Radio-Feature von Alf Tamin (»Sechs Autoren finden ihre Leser«, Rias I) über Neuerscheinungen des Jahrs 1961 besprochen, zusammen mit Büchern von Jürg Federspiel, Klaus Nonnenmann, Jens Rehn, Ingeborg Bachmann und Heinrich Böll. Einer der »Leser« resümiert darin: »Das Buch von Nelly Dix ist das einzige von diesen sechsen, das ich von Anfang bis Ende mit Vergnügen und Spannung gelesen habe – von Böll natürlich abgesehen.« Die Schatten der »Gruppe 47« sind in dieser Literaturkritik am Radio durchgängig. So verwundert auch nicht, wenn Nelly Dix mit ihrer Erzählfreude zwischen Komik und zärtlichem Humor als Außenseiterin gerühmt wird: »Sie hat nach keiner Öffentlichkeit und nach keiner Kritik geschielt beim Fabulieren.«

Ein besonderer Dank gilt *Bettina Dix-Pfefferkorn* für die großzügige Bereitstellung von Originaldokumenten, aus denen manche Besonderheiten um Drucklegung und Rezeption der ersten Buchausgabe ersichtlich wurden.

»Geliebte Zieheltern ...«

(Nelly Dix im Brief an Elisabeth und Fritz Mühlenweg)

Elisabeth Mühlenweg

Kochbuch für Liesel

Herausgegeben und mit einem Nachwort versehen
von Ekkehard Faude

108 S., durchgehend farbig gedruckt,
mit 27 ganzseitigen aquarellierten Zeichnungen,
fadengeheftet, küchenfest gebunden

ISBN 978-3-905707-42-7

Fritz Mühlenweg

In geheimer Mission durch die Wüste Gobi

Roman.

Mit einem biografischen Nachwort von Ekkehard Faude

780 S., Leinenband

ISBN 978-3-909081-58-5

Fritz Mühlenweg

Mongolische Heimlichkeiten

Erzählungen und Weisheitssprüche
aus der Wüste Gobi

160 S., broschiert

ISBN 978-3-909081-93-6

Ekkehard Faude

Fritz Mühlenweg – vom Bodensee in die Mongolei

Eine biografische Annäherung
an den Drogisten, Asien-Reisenden, Maler und Autor

208 S., mit 70 Abbildungen, broschiert

ISBN 978-3-909081-01-1

»Und sei versichert: wo ich hingeh, kannst auch du hingehen« (o. S. 18). Dieses sarkastische Echo auf eine der Pathosformeln religiös abgesegneter Frauenbegegnung (einst Ruth 1,16; nun Judith beim Gang ins feindliche Männerlager) war uns beim Lesen dieser Texte nicht der einzige Anlass für höheres Vergnügen.

Der erste Band mit Erzählungen von Nelly Dix (Reformschülerin in Sachsen, aus badischen NS-Schulen ohne Abschluss geflohen, aber welche éducation beim Reisen mit einem Zirkus!) – geneigte Leserinnen und wohlwollende Leser können unter Mitteilung eines irgendwie begeisterten Seufzers den zweiten Band schon vorbestellen, sie werden auch nicht enttäuscht werden –, dieser erste Band, dessen älteste Erzählung zu Weihnachten 1945 entstand, erscheint im selben Jahresprogramm wie der Brief, den ein Familienvater (Preuße, Diplomat in Berlin) für seine Kinder zu Weihnachten verfasste und in dem er ihnen noch einmal Zimmer für Zimmer ihr Elternhaus beschrieb, das in einem Bombenangriff wenige Tage zuvor zerstört worden war:

Werner Otto von Hentig
Aber das Bild soll Euch bleiben
Ein Weihnachtsbrief von Werner Otto von Hentig an seine Kinder aus dem Jahr 1943 und Ein Brief von Hartmut von Hentig an den Verleger
80 S., broschiert
ISBN 978-3-905707-41-0

Wollen Sie weiterhin von allen möglichen Lesarten aus dem Garten des Menschlichen erfahren?

www.libelle.ch | info@libelle.ch

Buchgestaltung: Phlox-Art
Druck und Bindung: Pustet in Regensburg

1. Auflage Sommer 2010

ISBN 978-3-905707-43-4